講談社文庫

貸借

百万石の留守居役（七）

上田秀人

目次——貸借　百万石の留守居役（七）

金沢・江戸間の街道図
N
金沢
加賀藩
大聖寺
大聖寺藩
天領
五箇山
福井
高岡
富山
富山藩
加賀藩領
高山
関ケ原
名古屋
岡崎
新居関所
市振関所
関川関所
高田
北国街道
善光寺
上田
軽井沢
追分
碓氷関所
碓氷峠
松井田
高崎
熊谷
下諏訪
塩尻
中山道
福島関所
甲府
甲州街道
東海道
駿府
箱根関所
江戸
板橋
浦和
館林
小山
宇都宮
日光街道
日光
今市
下野街道
喜連川
白河
会津
新潟

地図作成／ジェイ・マップ

〔留守居役《るすいやく》〕

主君の留守中に諸事を采配《さいはい》する役目。人脈をもつ世慣れた家臣がつとめることが多い。参勤交代が始まって以降は、幕府や他藩との交渉が主な役割に。外様《とざま》の藩にとっては、幕府の意向をいち早く察知し、外様潰《つぶ》しの施策から藩を守る役割が何より大切となる。

〔加賀《かが》藩士〕

藩主
前田綱紀《まえだつなのり》

人持《ひとも》ち組頭《くみがしら》七家（元禄《げんろく》以降に加賀八家）――人持ち組――平士――平士並《なみ》――与力（お目見え以下）――御徒《おかち》など――足軽など

本多安房政長《ほんだあわまさなが》（五万石）筆頭家老
長《ちょう》尚連《ひさつら》（三万三千石）国人出身
横山玄位《よこやまはるたか》（二万七千石）江戸家老
前田孝貞《たかさだ》（二万一千石）
奥村時成《おくむらときなり》（一万四千石）奥村本家
奥村庸礼《やすひろ》（一万二千四百五十石）奥村分家
前田備後《びんご》直作《なおなり》（一万二千石）

瀬能数馬《せのうかずま》（一千石）ほか

〔第七巻『貸借』――おもな登場人物〕

瀬能数馬《せのうかずま》　祖父が元旗本の若き加賀《かが》藩士。城下で襲われた重臣前田直作《まえだなおなり》を救い、筆頭家老本多《ほんだ》家の娘琴《こと》と婚約。直作の江戸行きに同行し、留守居役《るすいやく》を命ぜられる。

本多安房政長《あわまさなが》　五万石の加賀藩筆頭宿老《しゅくろう》。家康《いえやす》の謀臣《ぼうしん》本多正信《まさのぶ》が先祖。「堂々たる隠密《おんみつ》」。

琴　本多政長の娘。出戻りだが、五万石の姫君。数馬を気に入り婚約する。

佐奈《さな》　琴の侍女。江戸の数馬の世話をする。妾宅《しょうたく》の必要に迫られた数馬の妾《めかけ》に。

さつき、やよい　琴の侍女。いずれも女忍《おんなしのび》。さつきは佐奈の代わりに江戸に出てきている。

石動庫之介《いするぎくらのすけ》　瀬能家の家士。大太刀の遣《つか》い手《て》で、数馬の剣の稽古《けいこ》相手。介者剣術《かいしゃけんじゅつ》。

六郷大和《ろくごうやまと》　加賀藩江戸留守居役筆頭。

五木参左衛門《いつきさんざえもん》　加賀藩江戸留守居役。数馬の教育係。吉原三浦屋《よしわらみうらや》の格子女郎廉《こうしじょろうれん》が馴染《なじ》み。

篠田角有無斎《しのだかゆむさい》　先代の加賀藩留守居役筆頭。隠居していたが、数馬の指南役を頼まれる。

小沢兵衛《おざわひょうえ》　元加賀藩留守居役。秘事を漏《も》らし逃走し、老中堀田《ほった》家留守居役に転じる。

野々村《ののむら》　会津《あいづ》藩江戸留守居役。昨年留守居役に任ぜられた。

西田屋甚右衛門《にしだやじんえもん》　吉原の名見世《みせ》の主《あるじ》。格子女郎の稲穂《いなほ》を数馬に付ける。

武田法玄《たけだほうげん》　破戒坊主。小沢の妾宅の世話をした。

前田綱紀《つなのり》　加賀藩五代当主。利家《としいえ》の再来との期待も高い。二代将軍秀忠《ひでただ》の曾孫《そうそん》。

堀田備中守正俊《びっちゅうのかみまさとし》　老中。次期将軍として綱吉擁立《つなよしようりつ》に動き、一気に幕政の実権を握る。

徳川《とくがわ》綱吉　四代将軍家綱《いえつな》の弟。傍系ながら、五代将軍の座につく。

貸借《かしかり》

百万石の留守居役（七）

第一章　五分と五分

一

貸しはいいが、借りはできるだけ早く清算するべきである。

借金ならば置いておけば置くほど利子が付き、返済が増える。ゆえに商人は、さっさと返済をしようとする。

対して、留守居《るすい》の貸し借りは急がないのが普通であった。

とはいえ、貸しも無期限ではない。そんなことをしてしまえば、貸しのできた状況を知る者がいなくなり、どのていどのことを返せばいいのかわからなくなってしまうからだ。

とはいえ、早々に取り立てるものでもなかった。

留守居役は五分五分が決まり、貸し借りはまずない。あってもせいぜい、次の宴席の代金を持つくらいで消せるほどのものである。

だが、堀田《ほった》家の留守居役小沢兵衛《おざわひょうえ》の妾宅《しょうたく》でおこなわれた密談が漏《も》れ、前田綱紀《まえだつなのり》がその帰途で襲われるという事態は、加賀《かが》藩主前田綱紀から老中堀田備中守正俊《びっちゅうのかみまさとし》への大きな貸しとなった。

老中への貸し、外様《とざま》大名にとってこれほど欲しいものはない。もし、手に入れたならば、どこで使うか、江戸と国元の宿老《しゅくろう》たちが一堂に会してさんざん話し合う。それを前田家は幕府主導での縁談をなくすために惜しげもなく使った。

「あっさりと切ってきおったな」

堀田備中守が、留守居役小沢兵衛の報告に驚いた。

「いや、見事というべきだ。前田の当主はやはりできる」

綱紀の采配《さいはい》を堀田備中守が褒《ほ》めた。

「畏《おそ》れながら」

小沢兵衛が堀田備中守を見上げた。

「なんじゃ」

「よろしゅうございますので」

発言を許した主君に、小沢兵衛が確認した。

「縁談を止めることか」

「はい。前田綱紀公に継室をお薦《すす》めするのはまことに良策と存じあげまする」

小沢兵衛が堀田備中守の手立てを讃《たた》えた。

加賀藩百万石前田家の五代当主綱紀は、正室を早くになくし、その後を迎えていなかった。そこに堀田備中守は目を付けた。

京の公家《くげ》あたりの姫を五代将軍綱吉《つなよし》の養女とし、綱紀に押しつけることで、加賀藩を抑えこもうと考えたのだ。

養女とはいえ、将軍の姫を正室に迎えるとなれば、相応の準備が要《い》る。

過去、前田家は三代利常《としつね》が、二代将軍秀忠《ひでただ》の娘珠姫《たまひめ》と婚姻《こんいん》していた。しかし、まだ武家諸法度が整備されていなかったときでもあり、珠姫は金沢へ輿入《こしい》れとなったおかげで、さほど散財せずにすんだ。

だが、今度は江戸の上屋敷への降嫁になる。将軍の姫君にふさわしいだけの準備をしなくてはならない。なにせ、幕府の目があるのだ。

少なくとも御殿は新築しなければならない。それも藩主の住む表御殿に劣らないだけの贅沢《ぜいたく》な造りのものを建てるのだ。どれほどの費用がかかるかわからない。

さらに将軍の姫君の輿入れである。相当な数の武士や女中、小者が付いてくる。これらを前田家は引き受けることになる。当然、そのなかには前田家を潰《つぶ》そうと考えている隠密《おんみつ》が含まれている。

獅子《しし》身中の虫とわかっていて呑《の》まねばならない。そのうえ、この虫の食い扶持《ぶち》まで負担させられる。

では、将軍の姫を娶《めと》る利はどこにあるか。

徳川の一門に加われると言われているが、外様が親藩になれるわけではなかった。加賀藩前田家は、珠姫が産んだ光高《みつたか》を四代藩主にした。二代将軍の孫を当主に据《す》えたおかげで城中席次を御三家と同じ大廊下に移されたが、家格は外様のままであった。これは、徳川の血が入っている当主が続く限り、一門に準じる扱いを受けられるが、一度血縁が切れれば、いつでも格を落とせるという幕府の意思表示でもあった。今の綱紀は光高の嫡男《ちゃくなん》である。おかげで大廊下の席は奪われていないが、このまま綱紀に子ができず、分家から六代目の藩主を迎えることになれば、前田家から徳川の血は消える。そのとき、幕府がどうでるかはわからないのだ。

それに先日の五代将軍継承のもめごとに巻きこまれるようなこともある。下手をすれば、将軍の血筋が仇《あだ》となりかねない。

将軍の姫を迎えるなど、まさに百害あって一利あるかないかの面倒ごとである。

とはいえ、将軍が娘を降嫁させると言えば、拒めない。幸い綱吉には娘が一人しかおらず、その娘鶴姫《つるひめ》は紀州《きしゅう》家へ嫁すことが決まっている。だからといって安心はできなかった。

養女という手段があった。

戦国のころから、大名は婚姻をもって、同盟を強固なものにしてきた。奥州《おうしゅう》のほとんどを姻族《いんぞく》に仕上げ、伊達《だて》家の栄華を築いた伊達稙宗《たねむね》の例もある。もっとも稙宗のように実子が多いときはいいが、釣り合う年齢の娘がいないときなど、一門や家臣の娘を養女にして送り出した。

それは徳川の世でも有効であった。

「それを止められたのだ。あと半月あれば、前田に御台所《みだいどころ》さまのご縁に繫《つな》がる女を押しつけられたが……」

五代将軍綱吉の正室は五摂家の一つ鷹司《たかつかさ》家から来ていた。

「さすがに将軍家の養女となれば、今日明日でどうにかなるものではない。いかに鷹司家のご係累《けいるい》といえども、その血筋を確かめねばな」

鷹司の娘でも母親はいろいろである。正室の娘ならば安心だが、側室の娘ならば実母の経歴を追わなければならなかった。

実母が明智《あけち》光秀《みつひで》や斎藤利三《さいとうとしみつ》などの謀叛人《むほんにん》の血を引き継いでいては、忠義の中心たる将軍の娘にはできない。それを遡《さかのぼ》って大丈夫かどうかを調べてからでないと養女に迎えるわけにはいかなかった。

その隙《すき》を前田が突いた。

「わかったか」

「はい」

主君に確かめられた小沢兵衛が頭を下げた。

「ところで、余《よ》の命じたことはどうなっておる」

「ただいま国元に調べを」

小沢兵衛が汗を掻《か》いた。

「…………」

無言で堀田備中守が、小沢兵衛を見下ろした。

「金沢まで人を行かせておりますれば、今少しのご猶予《ゆうよ》を」

小沢兵衛が平伏したまま願った。

「……そうか。しっかりとした調べをいたせよ。決して見落としのないようにな」

「はっ」

主君の念押しに、小沢兵衛が額を畳《たたみ》に押しつけた。

「さがってよい」

話は終わったと堀田備中守が手を振った。

「御免《ごめん》」

もう一度礼をして、小沢兵衛は御前を下がろうとした。

「ああ、兵衛」

「まだなにか」

立ちあがっていた小沢兵衛が、堀田備中守の引き留めに、振り返って片膝《かたひざ》を突いた。

「京、大坂にも余の目は届くぞ。老中を甘く見ぬようにの。国元の伝手《つて》ともなると、数ヵ月はかかろうが、一年も二年もはの」

「……こ、心いたしまする」

言われた小沢兵衛が震えあがった。

小沢兵衛はもと加賀藩留守居役であった。そのおりにかなりの金を横領しており、それがばれて逃げ出した。その小沢兵衛を堀田備中守が拾った。外様最大の百万石を領し、秀忠の血を引く前田綱紀の弱みを握るために、藩内事情に詳《くわ》しい小沢兵衛を抱えこんだのだ。

留守居役は金を自在に遣《つか》える。それが小沢兵衛を狂わせた。だが、その金を小沢兵衛は、一人で遣わなかった。少しでも己の不正を隠し、いざというときにかばってもらうため、藩の要路やかかわりのある者へと撒《ま》いていた。

そう、小沢兵衛は加賀藩を逃げ出してきたが、大きな伝手を残してきていた。

小沢兵衛に金をもらっていた者、同じように享楽を甘受した者は小沢兵衛の求めを拒めないのだ。なにせ小沢兵衛は老中の庇護《ひご》下にある。加賀藩でも手出しはできなかった。それこそ、公式に本郷《ほんごう》の上屋敷を訪れても、捕まえるわけにはいかない。

「何々氏《うじ》には、随分《ずいぶん》と融通いたしました」

「某《なにがし》とはよく吉原《よしわら》で酒を酌《く》み交わしました」

などと上屋敷で口にされたら、それらの覚えがある者は終わりであった。小沢兵衛に手出しできないぶんまで、憎しみを受けることになる。

「…………」

名前を口にされないためには、小沢兵衛の指示に従わなければならない。ただ、これは何度も使えるものではなかった。

一度だけならば、さほど藩にも傷を付けまいと罪悪感を薄めることで脅《おど》された者は動く。だが、繰り返されると、死ぬまで逃げられないと観念して、脅した者を道連れに破滅《はめつ》しようと考える。

死なばもろとも。こうなられては小沢兵衛も困るのだ。それこそ密会のときに襲われでもしたら、剣など抜いたこともない小沢兵衛に勝ち目はない。

なにより、前田家との伝手は小沢兵衛の生命線であった。これがあるからこそ、堀田備中守は小沢兵衛を飼っている。

それがわかっていたからこそ、小沢兵衛は前田に残してきた伝手を使わなかった。

「正室をなくして長く継室を迎えていない前田綱紀はおかしい。大名は跡継ぎがなければ廃絶と決まっている。それを綱紀が知らぬはずはない。しかし、焦《あせ》った様子がない。ひょっとしたら、すでに子供がいるのではないか。それを調べろ」

こう堀田備中守が命じてきた。

大名は子供が生まれたからといって、すぐには届けないことが多かった。これは乳幼児の死亡が多かったためであった。生まれたと届け出てしまえば、その死も届けて検死を受けなければ埋葬できない決まりだったからである。手続きがかなり面倒なうえ、検死役の目付《めつけ》やお使い番に相応の礼金を渡さなければならない。

結果、名家ほど子供が生まれても届け出ず、おおむね七歳くらいになるまで秘した。もう大丈夫となってから、子供として届け出るのが慣例であり、幕府もこれを黙認していた。

堀田備中守は、綱紀が継室を迎えない理由をこれではないかと疑い、小沢兵衛に調査を指示した。

しかし、小沢兵衛はこれを無視した。

「そう簡単に、命綱を使えるか」

小沢兵衛はよくわかっていた。藩の金を横領するような者を留守居役として重用するには、それだけの理由がある。小沢兵衛の場合は百万石の前田家の内側を知ることができるからであった。その伝手を使い切り、小沢兵衛が前田家の内情を知る術《すべ》を失ったとき、どうなるかは言うまでもない。

小沢兵衛は堀田備中守にとって、足を引っ張るだけの不要物に落ちる。

「使い捨てられてたまるか。これから代々堀田家の家臣としてやっていけなくとも、生涯遊んで暮らせるほどの金を得るまでは……」

こう考えて小沢兵衛は、命令を果たしていなかった。

「気づかれていた……」

小沢兵衛は堀田備中守の口調から、見透かされていると知った。

「まだ、金は貯まっていない」

加賀藩を逃げ出したときに持っていた金は、当時妾《めかけ》として囲っていた女に盗まれた。堀田家の留守居役になってから、まだ日も浅い。いかにときの権力者の家臣とはいえ、貯められるほどではなかった。

「なんとかして金を集めねば……」

小沢兵衛は、堀田備中守の追及が厳しくなるまえに、逃げ出す肚《はら》を決めた。

「藩から金を引き出すわけにもいかぬ」

留守居役にはかなりの融通が利《き》く。とはいえ、そうそう百両だ、五十両だと勘定方《かんじょうかた》から金を引き出すわけにもいかなかった。

「吉原への支払いは、節季ごとに勘定方がする」

どこの藩でも同じだが、接待の金は勘定方が支払った。留守居役が金を持つときは、表沙汰《おもてざた》にできない話し合いなど、こちらの素性をあかさずにすむ見世《みせ》を使うときなどである。

妾宅は、気心の知れた相手との密談に使うもので、初めて会う者や利害がまちがいなくぶつかる相手などには教えられない。

だが、藩と藩の外交を担《にな》っていると、どうしても素性を隠しての交渉の機が出てくる。そんなとき、足が付かないようにするには、初めての見世を現金払いで使うのがもっとも安全である。

「どこか適当な藩はないか……」

妾宅へ帰りながら、小沢兵衛は勘定方から金を引き出すだけの理由、相手を探した。

「……富山藩はどうだ。富山藩は、前田の分家だが、本家に思うことが多々ある」

小沢兵衛が思いついた。

二

瀬能数馬《せのうかずま》は会津《あいづ》から江戸へ戻ってから、ずっと留守居控《ひかえ》で詰《つ》めていた。

「功も多いが、まだまだそなたは危なっかしすぎて一人では出せぬ」

留守居役筆頭の六郷大和《ろくごうやまと》が、数馬の外出を厳に禁じた。

藩主前田綱紀の継室騒動の原因が数馬であったからである。

加賀藩前田家へ他家の大名が続けて攻勢をかけてきた。その対応に手が回りきらず、世慣れていない数馬を一人で宴席へ出さざるを得なくなった。そこで、しっかり数馬は失策をおかした。

数馬こそ加賀藩前田家の弱点、と知った薩摩《さつま》島津《しまづ》家を始めとする外様の大藩が動き出した。

ちょうど幕府は、四代将軍家綱《いえつな》の葬儀を終えたばかりで、その墓地として寛永寺《かんえいじ》を拡張するお手伝い普請《ふしん》を考えていた。

将軍家祈願寺を菩提寺に変える。将軍家菩提寺にふさわしいだけの普請となれば、使う材料は最高のものになる。もちろん、職人も名人上手を派遣しなければならない。その費用は十万両でも足りない。金だけならばまだいい。苦心して普請したのに、幕府がそれにけちを付けてくるのだ。金を遣わされたうえに、咎《とが》めを受けるときもある。

そんな面倒なお手伝い普請など、どこもしたいはずもない。だが、どこか一つか二つの外様大名は普請を命じられる。

避けられないならば、他人に押しつけてしまえばいい。これも留守居役の大切な役目であった。他家の弱みを探り、それを使ってお手伝い普請を引き受けるようにし向ける。その標的として数馬が狙われた。

加賀藩前田家として、それはまずい。そこで加賀藩前田家は、数馬を江戸から離した。

その理由として、藩主綱紀が継室を迎えるにあたって、亡くなった正室の実家である会津保科《ほしな》家へ挨拶《あいさつ》に出向くというのを使った。それを堀田備中守が利用しようとした。

一連の騒動の発端は、数馬であった。

なんとか会津へ出ることで外様留守居組の攻勢から逃げた数馬は、そこで加賀から放逐《ほうちく》された浪人に襲われた。幸い撃退したが、その争いにつけこもうとした会津藩家老西郷頼母《さいごうたのも》と激突。逆にやりこめることで貸しを持ちかえっていた。

「では、いって参る」

夕刻からが留守居役の本番になる。控から、次々に留守居役が消えていった。

「本日はこれにて」

誰もいなくなるのを待って、数馬も帰り支度《じたく》を始めた。

加賀藩前田家上屋敷の表御殿に留守居控はある。同じ上屋敷に長屋を与えられている数馬は、すぐに帰宅できる。

「お帰りなさいませ」

玄関先で家士の石動庫之介《いするぎくらのすけ》が出迎えた。

「なにもなかったか」

数馬は問いながら、玄関をあがった。

「別段なにもございませなんだ」

石動庫之介が首を横に振った。

「それはなにより」

無事こそなによりと数馬は悟っていた。

「お着替えを」

すっと石動庫之介が後に回った。

「わたくしがいたしましょう」

別の襖《ふすま》を開けて、さつきが入ってきた。

「なにを言うか。武家で妻以外の女に身の回りをさせることはない」

数馬は注意した。

「まして、そなたは当家の女中ですらないではないか」

「佐奈《さな》の代わりでございまする」

さつきが言いわけを口にした。

「なにを申すか。佐奈がおることは認めたが、そなたを雇《やと》い入れた覚えはない」

数馬は不機嫌な顔をした。

佐奈は、数馬の先回りをして、江戸屋敷にいた。それも数馬の許嫁《いいなずけ》加賀藩筆頭宿老本多政長《ほんだまさなが》の娘琴《こと》の手配であった。

金沢から江戸へ移ったばかりで、勝手もわからないところに、貴重な人手である。数馬は佐奈を喜んで引き受けた。

さつきは佐奈の同僚であり、琴姫の使いとして江戸へ出てきた。そして、そのまま居着いていた。

「佐奈を国元へ帰されたのは旦那《だんな》さまでございましょう。佐奈が金沢へ向かうときに、お世話を頼むとわたくしに申しました」

「…………」

佐奈の代理だというさつきに、数馬は黙った。

「勝手に佐奈を手元から離した。これを琴姫さまはなんと仰《おお》せられましょう」

さつきがさらに追いうった。

「うっ……」

数馬は詰まった。

「……琴どのの身を守るためである」

一度息を吐《は》いてから、数馬は言い返した。

加賀前田家における本多は、特殊な立場にいた。本多家は前田家の筆頭宿老として、譜代大名たちと変わらない五万石という高禄《こうろく》を与えられていた。これは、本多家の出自によるところが多かった。

加賀の本多家は、徳川家康《とくがわいえやす》の謀臣《ぼうしん》として名を知られた本多佐渡守《さどのかみ》正信の次男政重《まさしげ》を祖としている。関ヶ原《せきがはら》の合戦で上杉《うえすぎ》との講和をはかったり、大坂冬の陣の後、大坂城の惣堀《そうぼり》、構えを崩す策略などをめぐらした、天下の軍師本多佐渡守の息子が、外様最大の前田家に仕えた。

しかも本多政重は前田家に落ち着く前に、宇喜多《うきた》、福島《ふくしま》、上杉と渡り歩いているのだ。宇喜多、福島は改易、上杉は大減封とどれもが手痛い目に遭《あ》っている。そんな本多政重を疑わない者はいない。

前田家を潰すために来たととらえた者も多かった。

加賀の本多家は、堂々たる隠密という異名を付けられ、異端視をされていた。なかには、実力で本多家を金沢から追い払おうとする者もいた。かといって、本多家は二代藩主利長《としなが》公以来、代々の藩主に重用されている。当代の綱紀にいたっては、爺《じい》と呼んで尊敬している。藩主公を慮《おもんぱか》って、今までは、表だってどうこうということはなかった。

それが今回の騒動で崩れた。

綱紀が加賀からいなくなるかも知れないという懸念から、次の藩主を探し求めた。綱紀の五代将軍就任は消えたが、六代に繋がる跡継ぎはない。

家臣たちが探した六代藩主候補は、そのまま残った。

見えてはいないが、加賀は候補の数に割れたのだ。これも酒井《さかい》雅楽頭《うたのかみ》忠清《ただきよ》の策であった。三代将軍から四代将軍になれとまで言われた前田光高の血を引く前田家の当主が、いつ野望を持つかわからない。その芽を潰すことで家綱の治世を後世に残そうとした酒井雅楽頭の手は、しっかり加賀に根付いていた。

「綱紀公こそ、百万石の主たる」

そんななか、本多政長はずっと綱紀の側に立っていた。だけでなく、蠢《うごめ》こうとした一門たちを牽制《けんせい》、戦《いくさ》あるいは緊急のおりしか許されていない惣触《そうふ》れ太鼓《だいこ》を鳴らしてまで、綱紀に刃向かおうとする者たちを排除した。

そのうえ、出戻りとはいえ、娘を千石のもと旗本の瀬能数馬と婚約させ、江戸へと送りこんだ。これも綱紀擁護《ようご》のためと国元では判断されていた。

「本多が殿を守るかぎり、儂《わし》の目はない」

前田家の一門で、藩主となる資格を持つ者にとって、本多政長は目の上のたんこぶであった。

その本多の弱みが、数馬の許嫁の琴姫であった。五万石の姫とはいえ、千石の嫁になると決まった琴姫に、仰々しい警固《けいご》や行列はつけられない。

「分に合わぬ」

女は嫁に行った先の格に従う。

千石といえば、諸藩では家老職や藩主一門などの上級になるが、加賀藩では中級でしかない。その妻となれば、出歩くに駕籠《かご》を用いることは許されているが、供侍《ともざむらい》も数は片手、付き従う女中も二人から三人ていどでなければならない。ましてや、祖父の代まで旗本で、珠姫の婚姻に伴って加賀藩へ転籍した瀬能家は、千石でも代々の譜代へ遠慮しなければならない家柄である。

それこそ、駕籠はなし、供侍は二人、女中二人と小者二人あたりで辛抱しなければならない。

「娘を攫《さら》い、本多を抑える」

「琴を手に入れて、瀬能との婚約を破棄させ、吾《わ》が嫁にし、本多の後《うし》ろ盾《だて》を」

こういった連中が、琴姫を狙いだした。

「ならば、わたくしが餌《えさ》になりましょう。いつまでも、屋敷の周りをうろつかれるのも面倒ですし」

琴姫は自らを囮《おとり》として、敵をあぶり出す作戦に出た。その一環として、琴姫は警固の女忍《おんなしのび》であるさつきを江戸へと離した。わざと守りを薄くして、襲いやすくしたのだ。

「馬鹿なことを」

それを佐奈から教えられた数馬は怒った。

数馬は琴姫の凜《りん》とした姿に惚《ほ》れている。なかなか身分の差が大きすぎて、直接想いを告げるだけのことができていないが、妻は琴姫だけと決めていた。

愛しい女が、囮になる。そんな危険なまねを許せるはずはなかった。

「さつきと佐奈では、どちらが腕が立つ」

「わたくしでございまする」

問われた佐奈が自信をもって答えるのを聞いた数馬は、主君として佐奈に琴姫の警固を命じて、加賀へと向かわせたのである。

そのつけが、今、目の前にいた。

「さつきどの、よいかの」

石動庫之介が、数馬の背後から前へと回った。

「なんでございましょう、石動さま」

さつきが応じた。

「おぬしには、佐奈どのとは違った気配がする。身のこなし方から見て、おぬしも女忍なのだろうが……それだけでは腑《ふ》に落ちぬ」

石動庫之介がさつきと数馬の間に割りこんだ。

「……ほう」

さつきが感心した声を出した。

「さすがは介者《かいしゃ》剣術の遣《つか》い手《て》」

「褒めてくれずともよい。おぬしの思惑を語ってもらいたい。できぬとあれば、この場から去っていただく」

厳しい口調で、石動庫之介が迫った。

「………」

さつきが石動庫之介をじっと見た。

「よくて相討ち。腕一本犠牲にしても、絶対の勝ち目は見えない」

「この間合いで、介者剣術に勝てる者などおらぬ」

実力を測ったさつきに、石動庫之介が返した。

「瀬能家への認識を変えなければならない」

険しい顔でさつきが嘆息した。

「姫さまの輿入れに、わたしとやよい、あと男衆《おとこし》が三人付いていく手はずであったが、男衆は一人でよさそうだ」

さつきが石動庫之介を評価した。

「わたしの目的は……」

ちらとさつきが数馬を見た。

「姫さまと佐奈以外の女を近づけないこと」

「はあ」

「……なんだそれは」

さつきの言葉に、数馬は驚き、石動庫之介は眉間《みけん》にしわを寄せた。

「佐奈が好みではなく、わたしのほうがいいと言われるならば、そちらのお役目を果たすに吝《やぶさ》かではないが……」

「なんのことだ」

数馬が遮《さえぎ》った。

「女を使った罠《わな》への対策」

さつきが答えた。

「な、なにを」

直截《ちょくせつ》な返答に、数馬はうろたえた。

「わかっておられるはず。留守居役には誘惑が多いと」

「…………」

数馬は反論しなかった。留守居役になってから、さほど宴席に参加はしていなかったが、そのどれもが退廃に満ちたものであった。酒と美食、そのうえ女がかならず付いていた。

男を落とすには金か女である。さすがに金は遣いにくい。露骨に、主家を裏切れと誘っていることになる。

代々禄《ろく》を給してくれている主家への恩は深い。よほどでなければ、それを捨てることはできなかった。主家を売ったとなれば、まず浪人は確定する。大事にすれば、子々孫々まで保証されている禄を捨てることになる。多少の金では引き合わない。とくに対して女は、金ほど露骨ではなく、抱いたところで罪悪感は生まれにくい。

饗応慣《きょうおう》れしている留守居役にとって、遊女は宴席の酒と同じでしかない。呼ばれたならば、馳走《ちそう》になって当然、拒むことこそ無礼である。これは留守居役が五分五分という考えにも従うことになる。次、こちらが接待したときに、拒まれては困るのだ。接待は無駄にするものではなく、招くだけの理由がある。交渉の場で成果を出すには、饗応を受けてもらわなければならない。

こうして、留守居役は酒を呑み、料理を喰《く》らい、女を抱く。いや、相身互《あいみたが》いを言いわけに使っている。

「女は酒や料理と違う。女には口も耳もある。男から寝物語に話を引き出せる」

さつきが続けた。

「だけではない。男も女も身体《からだ》を重ねた相手には情が湧《わ》く。情が湧けば、油断がでる」

「たしかに」

なぜか石動庫之介が、数馬に代わってうなずいた。

「気を許した女といるときに、男の口は軽くなる。あるいは、身の回りのものへの警戒が薄れる。それを女が利用する」

「女も情が湧けば、そのようなまねをすまい」

好きになった男を陥《おとしい》れるようなまねを女はできまいと数馬は反論した。

「甘い」

一言でさつきが切って捨てた。

「たしかに普通の女ならばできまい。いや、逆に男のために働こうとするだろう」

「普通の女……」

さつきが条件を付けたことに数馬は気づいた。

「そうだ。普通の女だったらな。だが、留守居役が抱く女は、普通ではないだろう。留守居が抱くのは、遊女」

「たしかに」

数馬は首肯《しゅこう》した。

「遊女は、男と寝ることが仕事だから、決して男に情を移さない」

「客とともに死ぬ遊女もおるではないか」

数馬は反論した。

「それは本物の遊女ではない」

強くさつきが否定した。

「遊女は、毎日違った男を受け入れる。そのたびに情を移していたら、身体も心ももたない」

「むうう」

男である数馬に、女の身体と心のことはわからないが、好きも嫌いもなにも言えず、ただ買われるままに身体を開く女の辛《つら》さは推測できた。

「ゆえに遊女は心を殺す。相手の男を愛おしいとか憎いとか想わぬように」

「それにいたった遊女を留守居は使う」

「…………」

苦い顔で言った数馬に、さつきが無言でうなずいた。

「男だけが情を持ち、女は冷めている……」

その意味に数馬は震えた。

「姫さまは、未来の夫どのを罠から護るようお気遣いなされた」

「それが佐奈だと」

「あるいは、わたしだな」

確認した数馬に、さつきが己も含めた。

「すでに情を移した女を持っていれば、普段一緒におらず、宴席で一夜を共にするていどの遊女に落とされることはなくなる」

さつきが淡々と述べた。

「琴どのは、それにご納得している……」

「ご不満であろう。姫さまはなかなかに情の深いお方だからの」

小さくさつきが笑った。

「情が深い……ものは言いようだの、さつきどの」

石動庫之介が、さつきと数馬の間から退いた。

「ふふふ。さすがにお仕えする主君である姫さまを嫉妬《しっと》深いとは言えまい」

「言っているではないか」

あっさりと口にしたさつきに、数馬はあきれた。

「ふふふ」

さつきが笑った。

「姫さまにとって、我らは影。影は本体に繋がる」

「それで通るのか」

「まったく会ったこともない女に盗られるよりもましだろう」

さつきが真顔になった。

「ふむう」

石動庫之介がうなった。

「では、お願いする」

すっと石動庫之介が、部屋を出ていった。

「…………」

「では、お着替えを」

呆然《ぼうぜん》としている数馬の後にさつきが回った。


大名には参勤交代がある。武家諸法度にも決められたこれは、大名の義務であり、一年江戸で過ごしたら、次の一年は国元で過ごさなければならない。

ほとんどの大名は、おおむね四月に江戸を出て、翌年の三月に出府する。二年に一度、まったく同じ道順で、行列をしたてて江戸から国元へ向かう。

「そろそろ準備に入らねばなりませぬ」

次席江戸家老村井《むらい》が、参勤交代のことを口にした。

「もうか」

綱紀がまだ早いだろうと驚いた。

「上様が代わられて初めてのご帰国でございますぞ」

思わせぶりな口調で、村井が告げた。

「邪魔が入ると……」

すっと綱紀が目を細めた。

「新しい上様のご寵愛《ちょうあい》を受けたいとお考えの方々もおられましょう」

「本陣を先に押さえる……か」

綱紀が嫌な顔をした。

大名は宿へ泊まることはなかった。参勤交代は、軍事行動である。大名行列はいつでも戦いに入れるように、弓矢、鉄炮《てっぽう》を担《かつ》ぎ、槍《やり》を押し立てて進むのだ。休息も宿泊も陣中という形を取る。そのために宿は本陣あるいは脇本陣を利用した。

本陣の陣は、戦場で大名が在する場所の意味を持つ。

「だが、街道の本陣は加賀の前田家が使うことを知っている。その時期もな。他家の横槍くらいで我らを受け入れぬなどするまい」

参勤交代の旅程はよほどのことでもない限り決まっていた。そこの本陣は、前田家が来ることを予測し、宿泊の客を制限するのが慣例であり、その気遣いに対し、前田家は毎年、下賜《かし》という形でねぎらっていた。多少の相手が先に予約を入れようとしたところで、本陣は相手にしない。

「本陣は懸念いたしておりませぬ」

村井が首を横に振った。

「では、なんだ」

綱紀が首をかしげた。

「宿場の宿屋でございまする」

「家臣どもの宿か」

「はい」

村井が表情を険しくした。

大名と重臣、側近は本陣に泊まる。だが、それ以外の藩士は、本陣には泊まれなかった。格式というより、単に場所がない。前田家の参勤交代となれば、数千人もの行列になる。それこそ、宿場町にある旅籠《はたご》、木賃宿をすべて合わせても足りない。近隣の寺や百姓家まで借りて、やりくりしなければならなかった。

なによりつごうが悪いのは、本陣と違って宿場の旅籠や木賃宿に気遣いを求められないことであった。

旅籠も木賃宿も商売で客を泊める。宿泊料金ではなく、大名から下賜される物品や権利で経営している本陣とは立場が違う。いつ来るかはっきりしておらず、何人泊まるかもわからない大名行列よりも、心付けをはずんでくれる商人たちのほうがありがたいのだ。

自領ならば、藩主の強権で満室の旅籠から商人たちを追い出すことも、いつ泊まるか天候の都合ではっきりしない行列のために、数日宿を空にさせることもできる。が、他領でそれはまずかった。

「前田が無理押しをしてきた」

宿屋も前田家の命《めい》ならば、黙って従うだろうが、そのしっぺ返しは喰らう。前田家の横暴を宿屋が広め、それは噂《うわさ》となっていつの日か幕府の耳に届く。

「大名は領民を慈《いつく》しまねばならぬ。ましてや、他国の民に迷惑をかけるなど、論外である」

百万石に傷を付ける好機とばかりに、幕府は前田家を咎め立てる。

「どうする」

「あらかじめ、宿屋の状況を探りまする」

「探ってどうする」

綱紀が問うた。

「我らが遣う前後に宿屋がふさがるような動きがあれば……対応をしたいと存じます

る」

「宿屋に、何かあれば報《しら》せてくれるよう話を通しておくのか」

「いいえ」

主君の確認に江戸家老は首を振った。

「では、どうやって状況を知る……足軽継《あしがるつぎ》か」

すぐに綱紀は気づいた。

「さすがでございまする」

村井が綱紀を称賛した。

加賀藩は幕府の動きを素早く知るため、江戸と金沢を足軽継と呼ばれる足の速い藩士を使って連絡していた。足軽継は、江戸と金沢を二昼夜という短さで走る。そのための交代を宿場町に常駐させていた。

「足軽継に宿場町でもっとも大きな旅籠を見張らせましょう。そして異常が見受けられたとき、報せに江戸までこさせまする」

「足軽継だ、すばやく報告できるか」

綱紀が納得した。

「さようでございまする。さすれば、いかようにでも対応できるかと」

「わかった。任せるぞ」

村井の案を綱紀は認めた。

三

加賀藩の城下町金沢は、城を中心にした坂の町でもあった。

金沢城が小高い位置にあるため、城に近い重臣の屋敷からどこへ行くにしても、一度は坂を下らなければならない。

琴姫は坂の中腹にある本多家の門を出た。

「よく晴れましたこと」

天を仰いだ琴姫がほほえんだ。

金沢は一年のほとんどが曇りである。海と山に挟まれた地勢が原因と言われているが、雲一つないような晴天は年に何度あるかというほど珍しい。

「姫さま」

琴姫付《づき》の女中やよいが、被衣《かつぎ》をそっと掛けた。

「ありがとう」

にこやかに琴姫が応じた。

「よろしゅうございますので。気配がかなりございますが」

被衣を整える振りをしながら、やよいがささやいた。

「一度で片づいてよいではありませんか」

琴姫がほほえみをたたえたまま言った。

「参りますよ」

供侍に声を掛けて、琴姫が歩き出した。

その様子を窺《うかが》っていた武士たちが顔を見合わせた。

「まったく警戒しておらぬぞ。供侍が三人、女中が一人、挟《はさ》み箱《ばこ》持ちの中間《ちゅうげん》と、小者が一人ずつ。そこいらの藩士よりも供が少ない」

若い武家が驚いていた。

「本多に手出しする者などおらぬと驕慢《きょうまん》になっておるのだ」

壮年の武家が憎々しげに言った。

「まあよいではないか。おかげで我らの任は楽になる」

年嵩《としかさ》の武家が、配下を宥《なだ》めた。

「もう一度手はずを確認する」

琴姫の背中を見送りながら、年嵩の武家が配下たちを見た。

「一行が墓参をすませ、大乗寺《だいじようじ》の門を出たところを狙う。鬼頭《きとう》、おぬしは山門の向こうで待ち伏せている棚田《たなだ》と川崎《かわさき》を率いて、最初に襲いかかり、供侍を引きつけよ」

「承知」

若い武家が首肯した。

「供侍が鬼頭たちに抑えられたら、大乗寺の奥に潜《ひそ》んでいる早苗田《そうだ》ら二人が出てくる手はずになっている。浅生《あそう》、おぬしは早苗田らと合流し、姫が寺へ逃げこまぬようにしつつ、中間と小者、女中を仕留めろ」

「お任せあれ」

壮年の武家がうなずいた。

「姫を孤立させたら、儂が駕籠を連れて出る。そのまま姫を捕らえて、城下を離れる。他人目《ひとめ》に付く前に、なにより本多家より手勢が出てくる前に、すべてを終わらせる。いいな、緊張しておこなえ」

年嵩の武家が注意を与えた。

「南出《みなみで》どの、万一怪我人《けがにん》が出たときは」

一手を指揮せよといわれた浅生が問うた。

「ことは藩の存亡にかかわる。走れるようならば手助けしてやれ。走れぬようならば……」

冷たい目を南出と呼ばれた年嵩の武家が見せた。

「……ごくっ」

若い鬼頭が息を呑んだ。

「よいか、本多を手にすることができれば、加賀は我が殿の思うがままになる。殿が百万石の主《あるじ》となれば、我らは功績第一、褒賞《ほうしよう》は望みどおり。これについては、ご家老さまの確約をいただいておる」

南出が二人を鼓舞した。

「おうっ」

「……う、うん」

浅生が声をあげ、鬼頭が弱々しいながら首を縦に振った。

「しっかりせい。相手は女とその警固だ。藩から武術の腕を見こまれた我らの敵ではない。見ろ、あの供侍どもを」

「供侍……」

指さす南出に釣られて鬼頭が本多家の家士を見た。

「あの緊張しておらぬ歩き方。だらりと手を垂れ、引きずるように足を動かしておる。武術の修行などまったくしておるまい。なによりやる気がない」

「まさに……」

鬼頭の顔色が明るくなった。

「あのていどなら、一人で相手しても十分だろう」

「は、はい」

勝てるだろうと持ちあげた南出に鬼頭がうなずいた。

「よし、では行くぞ」

南出が琴姫の後を付け始めた。

「やよい」

さりげなく足を遅くした本多家の家士が、琴姫の少し後についているやよいに話しかけた。

「付けてきているぞ」

「知っている」

やよいも小声で応じた。

「おまえは決して姫さまの側《そば》を離れるな」

家士が命じた。

「兵部《ひょうぶ》さまの手配りじゃ。抜かりはないと思うが、一人も逃がすなよ」

やよいが言い返した。

「誰に言っている。我らは軒猿《のきざる》ぞ」

家士が口の端をつりあげた。

「殺しはせぬ。いろいろ訊《き》かねばならぬでの」

笑いを消して、家士が離れていった。

本多屋敷から大乗寺は近い。当初、寂《さび》れかけていた大乗寺を本多家が菩提寺《ぼだいじ》として再興したとき、屋敷近くへ移転させていた。

琴姫は本堂に顔を出すことなく、墓地へと向かった。

「他家に嫁ぐ身、ご住職さまをわずらわせては申しわけなし」

あらかじめ大乗寺へそう報せていた。もちろん、襲わせ易《やす》くするためである。そのとき、十分なお布施も渡している。中途半端に茶を勧められたり、説法を聞かされては面倒になる。他の参拝客が来る前に終わらせなければならなかった。

「おじいさま」

琴姫が、加賀本多家初代本多安房守《あわのかみ》政重の墓の前で手を合わせた。

「なにをお考えになって、加賀へこられたのかわかりませぬが……」

墓へ琴姫が話しかけた。

「おかげさまで、わたくしはよき伴侶《はんりょ》を得られそうでございまする」

琴姫が墓へ頭を下げた。

「父上は教えて下さいませぬが、本多が譜代大名の道を捨てて陪臣《ばいしん》の道を選んだのも、祖佐渡守さまの策ではございますまいか」

花を供えながら、琴姫は続けた。

「堂々たる隠密などありえませぬ。隠密が目立っては意味がございませぬから」

「…………」

無言でやよいが差し出した柄杓《ひしゃく》の水を、琴姫が墓にかけた。

「本多家は陽動……」

琴姫が顔をあげた。

「佐渡守さまの狙いは、百万石ではないのではありませぬか。堂々たる隠密と言われ、加賀を見張る、いえ、獅子身中の虫を演じながら……」

答えがあるはずのない墓へ、琴姫は続けた。

「本多の役目は、越前《えちぜん》の見張り」

琴姫が告げた。

「……答えは父上に聞きましょう」

合掌を琴姫が解いた。

「皆、ありがとう。終わりました。帰りましょう」

主君の娘だけに頭を下げるわけにはいかないが、琴姫は供をしてくれた一同へ礼を述べた。

「はっ」

供頭である家士が、首を縦に振った。

大乗寺の山門を出た一行に、鬼頭が率いる三人が突っこんできた。

「狼藉者《ろうぜきもの》か。我らを宿老本多家の者と知ってのうえか」

供頭が叫んだ。

「他人《ひと》まちがいをするな。今ならば咎めぬぞ」

もう一人の家士が忠告した。

「無体を仕掛けるというならば、容赦《ようしゃ》せぬ。姫さま、寺へお戻りくださいませ」

やよいに声をかけた家士が、大声を出した。

「大蔵《おおくら》、東《ひがし》、北田《きただ》、気を付けや」

琴姫が家士たちに、油断をするなと命じた。

「姫さま」

やよいが山門内へと琴姫を誘導しようとした。

「させぬわ」

寺の奥に潜んでいた武家たちが出て、琴姫たちの前に立ちふさがった。

「姫さま、お下がりを」

中間が背負っていた挟み箱を下ろした。

「こいつら」

小者が二人の武士へかかっていった。

「馬鹿が、素手でかなうはずなどなかろう」

嘲笑《ちょうしょう》しながら、浅生が二人に合流した。

「殺せ。小者に用はない」

「おう」

「お任せあれ」

浅生の言葉に、二人の武士が声をあげた。

「死ね」

一人が小者に斬りかかった。

「…………」

刃《やいば》の下を潜《くぐ》って、小者があっさりとこれをかわした。

「なにっ」

力一杯空を斬った武士が体勢を崩した。

「わああ」

必死の声をあげた小者が、体勢を崩した武士の腰にしがみついた。

「こ、こいつ、放せ。ええい、放せ」

腰を摑《つか》まれた武士が焦った。

懐《ふところ》に飛びこまれては太刀は使いにくい。うかつに振って、自分を斬っては困る。

「早苗田。頼む」

もう一人の武士が助けを求めた。

「おう。動くなよ」

早苗田と呼ばれた武士が、太刀を抜いて小者の後へ回りこんで太刀を突き刺そうと持ちあげた。

「こいつめっ」

見ていた中間が挟み箱を持ちあげて、早苗田へ投げつけた。

「ぐはっ」

後頭部に挟み箱の直撃を受けた早苗田が崩れた。

「早苗田」

もう一人が驚愕《きょうがく》した。

「わあ、わあ、わあ」

動揺した武士を小者が揺さぶって、重心を狂わせた。

「な、なにを」

腰が浮いた武士は、小者に体重を浴びせかけられて、山門前の石段に背中から落ちた。

「がっ……」

武家が気を失った。

「ええい、情けない」

油断していたとしか思えない二人に、浅生が怒った。

「たかが小者と中間に手間取りおって」

浅生が太刀を抜いて、小者へ襲いかかった。

「ひ、ひえええ」

小者が逃げた。

「待て」

浅生が小者を追った。

鬼頭は預けられた味方の後から、差配《さはい》をしていた。

「儂が右を。川崎、左を。棚田、おぬしが正面を」

三人がそれぞれ本多家の家士と太刀を合わせ、均衡した。

「そのまま抑えていろよ」

鬼頭が太刀を手に、本多家の家士の背後へ回りこもうとした。

「みっともないが、とりあえず姫と女中を孤立させたな」

少し離れたところで様子を窺っていた南出が呟《つぶや》いた。

「よし、今だ。駕籠を出せ」

「へい」

金で雇われた駕籠かきが、走り出した。

「来ましたね」

すぐに琴姫が気づいた。

「あのような薄汚れた町駕籠で姫さまを運ぼうなど」

やよいが怒った。

「怒るところが違いますよ、やよい。いいですか、駕籠かきはどうでもいいですが、あの侍は、かならず生かして捉えなさい」

琴姫が指示した。

「ご懸念なく」

やよいが身体で琴姫をかばうようにした。

「お女中、どいてくれよ」

「いい女じゃねえかあ。こいつも運んでいきたいぜ」

駕籠を置いた駕籠かきが息継ぎ棒を手に下卑《げび》た笑いを浮かべた。

「ねえ、旦那。この女中はもらってよろしいでしょう」

先棒の駕籠かきが、振り向いて南出へ問うた。

「だめだ。もう一人の女を連れて急ぐ」

南出が拒んだ。

「女なら一人も二人も一緒でやすよ。二人を詰め込んで走りやすから」

「ならぬ」

まだ言いつのる先棒に南出が首を左右に振った。

「なあ、権《ごん》、おめえからもお願いしなよ。これだけの女を捨てていくなんてよお。どこの女郎屋へ売り飛ばしても二十両は堅い。もちろん、二人でたっぷり楽しんだあとでだがさ」

先棒が応援を求めた。

後棒も振り向いた。

「旦那、お願《ねが》えしやす。そうしていただければ、必死で駆けますぜ」

「金を払っているのだ。言うことをきけ」

堪忍袋《かんにんぶくろ》の緒が切れた南出が、駕籠かきを怒鳴りつけた。

「なにを……」

駕籠かきが反発した。

南出と駕籠かき二人の目がやよいから外れた。

「ふっ」

小さく笑ったやよいが跳んだ。

「……あっ」

南出が気づいたが、まさか女中が裾《すそ》を乱して、駕籠かき二人の頭上を跳びこえるなど思ってもいない。咄嗟《とっさ》に対応できなかった。

「寝てろ」

あっさりと間合いを詰めたやよいが、南出へ当て身を喰らわせた。

「……ぐっ」

「えっ」

「へっ……」

南出が倒れ、二人の駕籠かきが唖然《あぜん》とした。

「おまえたちのような雲助は、金沢に要《い》らぬ」

氷のような目で駕籠かき二人を見たやよいが、腕を二回振った。

二人の駕籠かきの首根から血が噴き出した。やよいが帯から取り出した剃刀《かみそり》で、駕籠かきの首を裂いたのだ。

「……………」

喉《のど》をやられた駕籠かき二人が声も出せずに死んだ。

「み、南出どの」

中央で本多家の家士と対峙《たいじ》していた棚田が、目を疑った。

「な、なんだ」

本多家の家士の後から襲いかかろうとしていた鬼頭が、あわてて後を見た。

「やよいが一人を確保した。予備を入れて二人だけ残せ。あとは始末せい」

供頭が指図した。

「おう」

「承知」

家士たちがうなずき、一気に出た。

「な、なんだ」

「ば、馬鹿な」

均衡していたはずの戦いは、一瞬で崩れた。まず川崎が袈裟懸《けさが》けに斬られた。

「わあああああ」

指示を出しただけ動き出しが遅れた供頭と対峙していた棚田が太刀を無茶苦茶に振り回した。

「近づくなあ」

棚田が叫んだ。

「ふん」

供頭がいつの間にか手のひらに隠しこんでいた手裏剣《しゅりけん》を投げつけた。

「かはっ」

喉を貫かれた棚田が、空気をもらすような声を最後に絶息した。

「近づかなかったぞ」

供頭が棚田を見下ろした。

「あ、え、へ……どうして」

配下を失った鬼頭が呆然とした。

「眠っておけ」

抵抗さえできなくなった鬼頭の首筋に、太刀の峰が叩《たた》きこまれた。

「砂川《すなかわ》、絵山《えやま》。もういいですよ」

琴姫が小者と中間に声を掛けた。

「では」

「ただちに」

逃げまわっていた小者が足を止め、おたついていた中間が腰を落とした。

「……擬態か」

浅生が気づいたときには遅かった。

逃げようと背を向けたときには、素早く回りこんだ中間姿の絵山に迫られていた。

「くっ」

太刀を振れただけ浅生はできていた。

「腰が浮いてる」

落ちてくる太刀の横腹を絵山が平手ではたいた。

刀とはいえ、刃がついていないところでは切れない。絵山にはたかれた浅生の太刀が流れた。

「つうう」

必死に太刀の柄を握って、得物を失うという愚を防いだ浅生だったが、こうなってはどうしようもなかった。

「楽に死ねると思うなよ」

後から近づいた小者姿の砂川が、浅生の右脇腹へ拳《こぶし》をねじこんだ。

「があっ」

急所である肝臓を強打された浅生が絶叫して意識を失った。

「ご苦労さまでした。誰も怪我をしておりませんね」

琴姫がねぎらった。

「後始末はわたくしどもが」

供頭が、琴姫へ帰邸を促した。

「わたくしがいても役に立ちません。どころか邪魔でしょう。先に戻ります。やよい」

琴姫がうなずいた。

「はい」

やよいが、琴姫の前に立った。

「砂川、絵山。姫さまをお屋敷へお送りせい」

「わかりましてござる」

「たしかに承ってござる」

小者姿の砂川と中間に扮《ふん》した絵山が琴姫の後に付いた。

四

森を取りこんだ本多家の屋敷は広大である。屋敷の端から門までも数町（数百メートル）はある。

「姫さま、まもなくでございまする」

門が見えてきた。やよいが琴姫に告げた。

「はい」

琴姫も屋敷が近づいたことで、ほっと表情を和らげた。

「……姫さま」

絵山がさっと琴姫の前に両手を拡げて盾《たて》になった。

「どこだ」

「屋敷のなか」

すっとやよいが身構えて、砂川が口にした。

「…………」

琴姫はじっと動かずにいた。守られる者が下手に動けば、警固がしにくいと琴姫は知っていた。

「やよい」

冷たい声が、上から降ってきた。

「その声は……」

「佐奈」

やよいと琴姫が目をあげた。

「油断するとは、なにごとか」

忍《しのび》装束《しようぞく》に身を固めた佐奈が、庭木の松から飛び降りてきた。

「……言葉もない」

詰め寄られたやよいが頭《こうべ》を垂れた。

「仕留めたのか」

絵山が確認してきた。

「ああ。あの木のなかほど」

首肯した佐奈が、屋敷のなかに生えている松を指さした。松の中ほどの枝に弓を持った男が引っかかっていた。

「……あいつか。見た顔だな」

絵山が難しい顔をした。

「菊《きく》さま付《づき》の者よ」

佐奈が答えた。

「菊……兄嫁さまの」

琴姫が佐奈を見た。

「さようでございまする。菊さまの輿入れに付いてきた前田孝貞《たかさだ》さまの家臣」

佐奈が述べた。

菊とは、琴姫の兄で嫡男の政敏《まさみち》、通称主殿の正室である。おっとりとした性格で、美貌でもあり政敏との仲はよかった。

ただ、その実家が問題であった。

前田孝貞家は、加賀前田家の本家筋に当たった。戦国のならい、前田孝貞家は乱世の波に立ち向かえず、没落してしまった。それを加賀前田家が救った。百万石の一門として、前田孝貞家は二万一千石という高禄を与えられ、国元で勢威を張っていた。

また、本多家とのかかわりも深かった。まず、孝貞の正室が政重の娘であり、そして母親は違うが、孝貞の娘菊が、本多政重の孫政敏の妻になっている。

二重の縁《えにし》を結んだ本多家と前田孝貞家は当初、手を取り合って加賀の前田家を支えてきていた。それこそ、本多政長と前田孝貞は、盟友といってもいい間柄であった。

だが、その仲は急激に悪化していた。

これも加賀藩主前田綱紀に、五代将軍の話が舞いこんだことによった。

「藩主公を幕府に売り渡すわけにはいかぬ」

前田孝貞は大反対した。

「綱紀公が将軍となれば、加賀の前田は御三家同様の親藩となる。そうなれば、末代まで安心だ」

やはり一門の前田直作《なおなり》が賛成した。

「…………」

立場上、本多政長は沈黙を守った。

これがよくなかった。もっとも大きな力を持つ筆頭宿老が賛否をあきらかにしなかったため、二人の争いはより激しいものになった。

「藩を売る不埒者《ふらちもの》」

結果、前田直作が命を狙われる羽目になった。その襲撃者の裏に前田孝貞がいた。

「綱紀公が将軍となられたとき、世子のない加賀前田家はどこから跡継ぎを持ってくるか」

まだ綱紀が将軍になるかどうかなど決まってもいない間に、話が一人歩きした。

「分家の富山、大聖寺《だいしょうじ》もあるが……藩内でも候補はおる。一門の前田直作と前田孝貞の二人にも芽はある」

こう考えた連中が動いた。

「幕府に媚《こ》びを売る前田直作を排し、前田孝貞どのを次期藩主に」

綱紀が将軍になる。それを推す前田直作を悪にしながら、その目的を利用する。あきらかな矛盾であったが、愚かな策を考える者の頭にはつごうのよいことしかない。

「藩主公を売る前田直作を討つ。大義名分は吾《われ》にあり」

こうして藩内が割れ、それに数馬は巻きこまれた。

「藩主公のご意志に従う」

ここにいたって本多政長が動き、前田直作を殺そうとしていた前田孝貞の一派を一掃した。

「親族でありながら……」

さすがに藩主一門の前田孝貞家を咎めはしなかったが、その取り巻きのほとんどを処分した本多政長を前田孝貞が恨《うら》んだ。

それ以来、両家の仲は険悪であった。

「菊さまはなにもご存じないでしょう。しかし、父に報告せねばなりませぬね」

いたましい顔を琴姫がした。

「次第によっては……」

「……菊さまを離縁」

やよいも息を呑んだ。

「判断は殿にゆだねるしかございませぬ」

佐奈が締めくくった。

屋敷へ戻った琴姫を、本多政長が待っていた。

「次第を聞かせよ」

琴姫が罠をしかけたことを本多政長は知っている。知っていればこそ、配下の軒猿衆を貸し出したのであった。

「大乗寺さまを出たところで……」

あったことを琴姫は語った。

「よくしてのけた。殺さずに捕らえたは手柄である」

「ありがとうございまする。お褒めはやよいと大蔵たちにお願いをいたしまする」

褒美《ほうび》は供たちにやってくれと琴姫が頭を下げた。

「わかっておる」

言うまでもないと本多政長がうなずいた。

「やはり屋敷からも刺客が出たか」

本多政長が、苦い顔をした。

「…………」

琴姫は黙った。

「屋敷におれば、そなたがいつ大乗寺へ出かけるかを知るのは容易だな」

「別段隠してもおりませぬし」

「今回は、わざと目立つようにし向けたというのもある」

「はい」

琴姫も同意した。

「それにしても、いささか迂闊《うかつ》であったな」

「はい」

叱《しか》られて琴姫がうなだれた。

「さつきを江戸に遣《つか》わすのはよいが、戻しておかねばならぬ。盾を一枚外して見せたというが、それを盾と知らぬ者にとっては、無意味でしかない。女中一人多いか多くないかで、襲撃をあきらめるような連中ではない。愚か者であったろうが」

「浅慮でございました。本物は釣られてくれませなんだ」

琴姫が反省をした。

「まったくじゃ。もし、最後の刺客によって、そなたが討ち取られていたら、本多はいい笑いものになった」

「申しわけもございませぬ」

「よくできた婿《むこ》でよかったの」

「はい」

言われた言葉に、琴姫がほほえんだ。

「さて、馬鹿を出した後始末をせねばならぬ」

本多政長が腰をあげた。

「礼状を出しておけ」

立ったままで本多政長が命じた。

「もちろんでございまする」

琴姫がしっかりとうなずいた。

「手紙をどうする。儂も殿へ出すが、一緒に江戸屋敷へ運んでやろう」

「殿へ……」

琴姫が首をかしげた。

「瀬能を参勤に加えるようにお願いする」

本多政長が告げた。

「数馬さまを……」

琴姫の目つきが変わった。

「少し手伝わせようと思っての」

「なにをさせようと……」

「陰の敵にぶつけてくれようと思う」

「……それは」

言った本多政長に、琴姫が険しい顔をした。

「今更なにを申すか。本多の一族に入るということは、そういったものだ」

本多政長が冷たく応じた。

「しかし……」

「いつまで甘やかすつもりだ。そなたは数馬の母か」

「…………」

琴姫が黙った。

「母ならば、守ってやるがいい。そなたの胸に抱きかかえ、ずっと甘やかすがいい。いや、その両手を引いて歩かせてやるのもよかろうな」

「父上さま」

嫌味を口にした父に琴姫が咎めるような声を出した。

「妻だというならば……」

娘の不満を無視して、父親は続けた。

「支えてやれ。乳を与えるのではなく、背中を押せ。それが妻の役目だ」

「…………」

琴姫が黙った。

「そなたが本多の娘だというのならば、夫の裏を担え。栄誉という光を夫に当て、己は陰で蠢《うごめ》け。本多の血は陰ぞ。徳川の闇を司《つかさど》り、前田の陰を支配する。それが本多佐渡守の血筋の定め」

本多政長が述べた。

「お断りいたしましょう」

はっきりと琴姫が拒んだ。

「わたくしは本多から瀬能へ嫁ぐ者。本多の宿命など知りませぬ。わたくしが本多の血筋を引き継げば、それは吾が子にも及びまする。それでは、いつまでたっても本多は堂々たる隠密のまま」

「…………」

今度は本多政長が黙った。

「おじいさまの呪縛《じゆばく》は、父上さまがお墓へお持ちくださいませ。わたくしが産んだ新しき命に、宿痾《しゆくあ》など背負わせはいたしませぬ」

琴姫が宣した。

「そのためには、なんでもいたしましょう」

「ふん」

本多政長が娘の目を覗《のぞ》きこんだ。

「一度目、紀州にいかせたときはなんの感慨もない目をしていたが……子供というのは変わるものよな。これだから親はやめられぬ」

「父上さま……」

琴姫が怪訝《けげん》な顔をした。

「加賀を守らねば、そなたの夫も、子も未来《さき》がない。百万石を守り、本多家を宿命から解き放つために、数馬が要る」

本多政長が一度言葉を切った。

「家のために命をかける。それが武士の定め。これからは数馬も、そなたも逃げられぬ。生まれてくるだろう子のために、親はある。儂も親。子のために家を守る。数馬と会うまでに、覚悟をしておけ。それが嫁に行く前にそなたができる婿孝行じゃ」

「…………」

琴姫は沈黙した。

第二章　吉原《よしわら》の主《ぬし》

一

会津《あいづ》藩江戸留守居役《るすいやく》筆頭の一宮《いちのみや》は、国元からの報《しら》せに開いた口がふさがらなかった。

「西郷《さいごう》どの、なにをしてくれるか」

筆頭国家老を一宮は罵《ののし》った。

「やったこともまずいが、なぜ年を越えるまで放置していた。西郷どのの恥とはいえ、さっさと報せてくれねば、手遅れになるではないか」

一宮は憤《いきどお》った。

会津保科家は、三代将軍家光の異母弟である正之《まさゆき》を祖とする。

嫉妬《しっと》深く、夫である二代将軍秀忠が、他の女に手出しすることを嫌った正室江与《えよ》の方は、己《おのれ》が産んだ子供以外、徳川の血筋と認めなかった。秀忠が江与の方と婚姻《こんいん》を交わす前から手を付けていた側室の産んだ長男を焼き殺したのに続いて、正之も殺そうとした。

「お願いする」

さすがに二人も子供を殺されてはたまったものではない。あわてて秀忠は、正之を武田《たけだ》信玄《しんげん》の娘で落髪して尼僧となっていた見性院《けんしょういん》に預けた。

「ゆえなき預かり人をなさるのは、御身のためならず。そうそうに放逐《ほうちく》なされるべし」

それでも江与の方はあきらめず、見性院に脅《おど》しをかけた。

「吾《わ》が懐《ふところ》に抱いた限りは、子も同然。吾が子を捨てる母などおらぬ」

将軍の正室の強要を、見性院ははねのけた。

「とはいえ、居所が知れてしまった。このままでは危ない」

さすがは天下の名将武田信玄の娘である。江与の方のしつこさと残虐《ざんぎゃく》さをしっかりと見抜いていた。

なにせ、自分が産んだ子供ではないというだけで、二歳の長男の全身にお灸《きゅう》を据《す》えて、焼き殺すような女なのだ。見性院が預かった男子を見逃すはずはなかった。

「あなたの養子にして、江戸からお離しなさい」

見性院は、かつて武田家において忠勇無比とうたわれた信濃《しなの》の大名保科家へ正之を養子に出した。

徳川には他姓を継いだ者に家督を譲らないという家康の訓がある。こうすれば、吾が子の地位が脅《おびや》かされることはなくなる。そう江与の方が考えると見性院は読んだ。

そして、それは正しかった。

ただ、正之のことを忘れた江与の方は、より悪いほうへと転んだ。

「かわいげのない家光よりも、利発な弟忠長《ただなが》のほうが、将軍にふさわしい」

同じ腹を痛めた吾が子だというのに、母親は長子を疎《うと》み、次子を溺愛《できあい》した。家光を嫌い、忠長を三代将軍にすべく、いろいろと動いた。

「天下に範を示すべきである」

それを家康が潰《つぶ》した。家康は長子相続を定めた。いかに現将軍の御台所《みだいどころ》であろうとも、家康に反論はできない。

結果、家光が三代将軍となり、忠長は駿河《するが》五十万石の大名となった。

「忘れてたまるか」

子供のころ母から嫌われ、ないがしろにされた長男は、しっかりとその恨みを覚えていた。

「吾が弟である」

江与の方が死ぬなり、家光は正之を召し出し重用した。

ともに江与の方の被害者であるという思いがあったのか、信州高遠《しんしゅうたかとお》三万石だった保科家は、出羽《でわ》山形二十万石を経て、会津二十三万石という大藩になった。

「政《まつりごと》を預ける」

さらに家光は、正之を厚遇し、一門には許されていなかった政への参画を許し、ついには嫡子《ちゃくし》家綱の傅育《ふいく》と大政参与を任せるほどになった。

その保科正之の跡を正経《まさつね》が継いだ。藩はそのまま相続を許されたが、さすがに大政参与を引き継がせるわけにはいかず、無役になった。しかし、会津藩は、幕府にとって格別な家柄であり、諸大名も遠慮する名門として君臨していた。

「借りを二つも……」

一宮は頭を抱えた。

「どうにかせねばならぬ」

会津藩保科家は、幕府に隠然たる影響力を持つ。保科正之が存命であったころに比べるとかなり落ちるとはいえ、御三家よりも強い。なにせ、一代の間大政参与をしてきた。そして、そのときにあちこちへ大きな恩を売っている。

とくに戦国の雄上杉謙信《けんしん》を祖とする米沢藩《よねざわ》には、大きな貸しがあった。上杉家三代当主綱勝《つなかつ》が跡継ぎを決めないまま急死、幕法に従って断絶となるところを保科正之が救った。

「名門をむやみに潰すは、天下の乱れとなりましょう」

傅育役で大政参与でもある保科正之の進言を四代将軍家綱は受け入れた。

「十五万石を召し上げる」

半知に減らされたとはいえ、上杉家は存続が許された。

いわば上杉は、保科家によって生きながらえたのである。上杉は保科の指示にさからえなくなった。

上杉だけではなかった。

名君と讃《たた》えられた保科正之は、諸大名の危難をよく助けてやり、人望も厚かった。正之が死んだとはいえ、会津藩の影響力はいまだに大きい。

加賀藩は、貸しを使って会津藩に繋《つな》がる諸大名や役人も動かせる。

「なにを求めてくる気か、加賀」

一宮は苦々しい顔をした。

「国元より緊急の報せと聞いたが、なにごとか」

会津藩江戸家老保科玄蕃丞《げんばのじょう》が一宮のもとへやって来た。

「これはご家老さま」

一宮が国元留守居役伊佐早葉太郎《いさはやようたろう》からの書状を見せた。

「……貸しとはなんだ」

読み終えた保科玄蕃丞が問うた。

「留守居役の言葉でございまする。他藩の留守居役に助けてもらったり、失敗したりしたときの償《つぐな》いを借りといい、逆を貸しと称しておりまする」

「貸し借りということは、返さなければならぬのだな」

「はい。利子はつきませぬが、かならず同じていどのものを返すのが決まりでございまする」

「書状には大きな借りを二つと記してあるが、どのていどのものだ」

藩政を預かる家老としては見逃せることではなかった。

「大きな借りとなりますれば、藩の存亡を手助けすることにもなりましょう」

「なんだとっ」

保科玄蕃丞が大声をあげた。

「たとえば、上様から加賀藩へお咎《とが》めがあったとき、貸しの返済を求められたとしたら、会津藩は身を挺《てい》してかばわねばなりませぬ」

「ば、馬鹿を申せ」

告げた一宮に、保科玄蕃丞が絶句した。

「まだ家綱さまが上様であったならばいい。保科家は家綱さまの傅育を担《にな》っていたゆえ、かなりの恩恵を望めたが……今は違う。当代の上様は綱吉さまじゃ」

保科玄蕃丞が苦い顔をして続けた。

「綱吉さまは、家綱さまの弟君ではあるが、思われるところがある」

家綱に対して、綱吉には恨みがあると保科玄蕃丞は口にした。

「家綱さまがお亡くなりになる前、綱吉さまではなく、加賀の前田綱紀公、あるいは伏見宮《ふしみのみや》さまを五代将軍にとお考えになられていた」

「…………」

無言で一宮も同意した。

「当家は、家綱さまに近い。それは綱吉さまから遠いということだ。綱吉さまは当家を疎ましく思っておられるやも知れぬのだぞ。その綱吉さま相手に、憎まれている加賀をかばえなど、藩を潰すも同然だぞ」

保科玄蕃丞が顔色を変えた。

「なんとかいたせ」

「と言われましても、これは留守居役の決まりごとでございまする」

一宮が難しいと首を左右に振った。

「それを何とかするのが、留守居役の仕事であろう。他家との交渉をなすために留守居役はある。違うか」

「それは……」

正論に一宮が詰《つ》まった。

「できぬのであれば、留守居役など意味がない。役立たずなど不要じゃ」

「留守居役を廃されると……」

怒っている家老に、一宮が問うた。

「役目だけではないわ。そなたも国元の伊佐早も、追放じゃ」

「なっ」

火の粉が飛んできたことに、一宮は唖然《あぜん》とした。

「ご家老さま」

「誰じゃ」

横から口出しをしてきた者に、保科玄蕃丞が誰何《すいか》した。

「控えよ。野々村《ののむら》」

一宮が叱《しか》った。

「野々村……そなたも留守居役か」

保科玄蕃丞が確認した。

「さようでございまする。昨年留守居役に任ぜられましてございまする」

野々村が胸を張った。

「で、なんだ」

「その役目、わたくしにお任せいただきたく」

江戸家老に訊かれた野々村が言った。

「できるのか」

「はい。会津保科家は格別の家柄、たとえ百万石といえども、遠慮せねばなりませぬ。留守居役の貸し借りなど、保科家にはそぐいませぬ」

野々村が述べた。

「ほう。なかなかに良きことを言う」

保科玄蕃丞が感心した。

「野々村、そなたはまだ任について浅い……」

　ふたたび一宮が制した。

「黙れ、一宮。できぬというたそなたと違い、できると申しておるのだ。口出しをするな」

　厳しく保科玄蕃丞が叱責《しっせき》した。

「ですが、留守居役には留守居役の慣例が……」

「うるさい。出ていけ。この場から。追って沙汰《さた》をするまで長屋に帰り、謹慎いたしておれ」

「……はい」

　江戸家老の命《めい》に逆らうことはできない。一宮は野々村をにらみつけながら、留守居控《ひかえ》を出ていった。

「野々村と申したな。見事借りをなくしたならば、そなたを筆頭にしてくれる」

「かたじけなき仰《おお》せ」

　保科玄蕃丞の約束に、野々村は平伏した。

「当家に拾われた恩を忘れるな」

保科玄蕃丞が厳しく言い残して、去っていった。

保科家は、戦国のころから続くとはいえ、会津藩はまだ二代目でしかない。家臣たちも保科三万石から続いている譜代よりも、領地が増えたことで新規に召し抱えられた者のほうが多い。

野々村もその一人であった。

「…………」

新参者ばかりの藩が、幕府から優遇される。先日まで浪人として、肩身の狭い思いをしていた者が、会津藩に仕官したとたん、周りから丁重に扱われる。

傲慢《ごうまん》になるなというほうが無理であった。

「加賀の留守居役筆頭は六郷《ろくごう》と申したの。一度会って、貸しの話をなかったものにしてもらうしかあるまい。それくらいのこと会津が頼めば……」

野々村が六郷あてに書状を認《したた》めた。


「どう思う」

書状を受け取った六郷が、加賀藩上屋敷留守居溜《だまり》で五木《いつき》に相談を持ちかけた。

「……一つしかございますまい」

五木が表情を険しくした。

「貸しのことだろうな」

「会津藩も玉石混淆《こんこう》すぎる。貸しを与えてしまったほうが、相手を呼び出すなど礼に反しておる。借りのあるほうは、呼び出されるまで静かにしているのが決まりであるというに」

六郷があきれた。

「この野々村さまというお方は……」

五木が訊《き》いた。

「石だな。それもなんの役にも立たないただの石」

吐《は》き捨てるように六郷が答えた。

「最近は知らぬがな。数度一緒したが、どこの宴席でも上座に在るのが当たり前だと考えていた」

「先達《せんだつ》、新参の区別は」

五木が目を剝《む》いた。

留守居役には組というのがあった。外様《とざま》大名の留守居役だけで構成される外様組、領地や江戸屋敷が近い大名家で作る近隣組、家格や禄高が等しい同格組などである。

どこが筆頭だと決めてしまうわけにはいかないのが留守居役である。外様組や近隣組は禄高が多いほど偉いということにできても、同格組では困る。禄高は多くても官位が低いとか、いろいろな制限があり、名誉にうるさい大名家である。

「なぜ我が家が、あの家の下に立たねばならぬ。我が先祖に比べれば、あの家などものの数ではない」

迂闊《うかつ》な格付けはもめ事のもとにしかならない。

「そのような扱いを受けるならば、組など抜けてしまえ」

怒った主君がこう言い出したら終わりであった。

留守居役は藩の外交を担う。幕府と交渉するだけでなく、諸藩との兼ね合いも調整する。その場所が宴席なのだ。組を抜ければ、宴席への誘いは、なくなる。こちらが誘っても相手にされなくなる。味方を失う。こうなってしまえば、外交は負けであった。

そこで編み出されたのが先達というものであった。

「留守居組合のなかでは、もっとも古いお方が先達となる」

石高や家格ではなく、どれほど長く留守居役を務めているかで席次を決めた。こうすれば、いずれ己が先達になれると留守居役たちも大人《おとな》しくなり、格を気にする大名たちも納得した。

それを野々村は無視した。

「よくそれで、放り出されませんの」

五木が感心した。

秩序を乱す者を許していては、組は維持できない。普通は古い留守居役が、新参者にしきたりを教え、騒動をおこさせないようにする。

「会津藩は同格組ではない。さらに近隣組でもない」

六郷が説明を始めた。

唯一の百万石大名で、秀忠の血を引く前田家の立場は特殊であった。江戸城中では御三家に次ぐ座を与えられ、越前《えちぜん》松平家と同格あつかいを受ける。

加賀藩が属している同格組は、御三家尾張《おわり》、紀伊《きい》、水戸、そして越前松平だけであり、そこに保科家は含まれていなかった。

「会津は溜間組《たまりのまぐみ》でござったか」

保科家の城中座席は溜間であり、同格は定詰《じょうづめ》とされる井伊《いい》家、水戸藩の支藩高松松平家、飛び溜《とだまり》と言われる定詰ではない酒井雅楽頭家、松山松平家、忍《おし》松平家など、譜代あるいは御三家分家であった。

「そうだがの。溜間組は、井伊と会津と高松松平の三つだけで、他はおらぬ」

飛び溜は、藩主がどこまで官位をあげられるかで決まる。ほとんど藩主が就任してから二十年とか、老中に出世するとかしない限り、譜代大名の間と言われる帝鑑《ていかん》の間に席がある。当然、そちらのつきあいが長くなるため、留守居組も帝鑑の間組に属していた。

「井伊どのと高松松平どのだけ……宴席をする意味もないの」

五木が嘆息した。

井伊家は譜代最高の石高三十万石を領する別格である。普段は政にかかわらないが、参画するときはかならず大老となる。

高松松平家も特殊な経歴を持つ。高松松平の始祖は、御三家水戸徳川家の初代頼房《よりふさ》の嫡男《ちゃくなん》松平頼重《よりしげ》であった。なぜか、頼房から跡継ぎに指名されなかった頼重を哀れんだ家光によって高松十二万石が与えられた。水戸家の兄という事情が高松松平家を親藩とも譜代ともいえない状況にした。

会津保科家も同様に、徳川の血筋である。

溜間定詰の大名はどこも、徳川幕府以外の機嫌を取る意味などない家ばかりであった。

「会津ならば、近隣組でも別格扱いを受けるだろうな」

「藩境を接する上杉など、会津に頭があがりますまい」

六郷の呟《つぶや》きに、五木が首肯《しゅこう》した。

「やりたい放題で無理もないか」

あらためて六郷は肩を落とした。

「いかがなさる」

「行かぬというわけにも参るまい。こちらから頼むことのほうが多いのだ」

五木に尋ねられた六郷が面倒そうな顔をした。

「わたくしが代わりを……たしか、明日六郷どのは、勘定《かんじょう》頭《がしら》さまと吉原《よしわら》へ行かれる予定でござろう」

勘定頭は三千石格の旗本でしかないが、その権は大きい。とくにお手伝い普請《ふしん》にかんしては、作事《さくじ》奉行と変わらぬ発言力を持っていた。

寛永寺《かんえいじ》墓地拡張の噂《うわさ》がある今、決しておろそかにできる相手ではなかった。

「いや、名指しだからの。誰かを代わりに行かせることはできぬ。なあに、勘定頭さまの接待は吉原の三浦屋《みうらや》に任せておけば問題ない。三浦屋には、ご執心の太夫《たゆう》がおるでな。夕刻まで、しっかり捕まえてくれようよ」

旗本は暮れ六つ（午後六時ごろ）までに帰宅していなければならない。旗本相手の接待は、昼間と決まっていた。

「会津からの誘いは、今宵《こよい》じゃ。同じ吉原であるしの。着替えだけ持っていけば、そのまま見世《みせ》を移動するだけでいい」

六郷が告げた。

吉原の大門のなかには、すべてがそろっていた。風呂屋、仕出し屋、髪結い床もあり、生活するのには困らない。

「瀬能は連れて行かずとも。貸し借りの詳細は、あやつしか知りませぬが」

五木が訊いた。

「連れて行かぬほうがよろしかろう。瀬能を突かれては襤褸《ぼろ》がでかねぬ。せっかく手に入れた貸しを帳消しにされてはたまらぬ」

六郷が否定した。

「なるほど」

五木が首肯した。

「後を頼む」

「承知」

腰を上げた六郷に、五木が応じた。

二

留守居役の宴席には慣例があった。

呼び出すほうが費用を持つこと、そして最後の女まで手配することであった。

「よくぞのお出《い》でだ」

六郷が吉原の名見世西田屋《にしだや》へ着いたとき、すでに野々村は遊女を相手に酒を呑《の》んでいた。

「……お待たせしたようで」

一瞬六郷は鼻白んだ。

呼び出したほうが接待の主人であり、呼ばれたほうは客になる。招いておきながら、客をまたずに始めるなど、接待ではなかった。

「いやいや、急でござったゆえな。気にはしておりませぬよ」

野々村が手を振った。

「おい、酌をせぬか」

野々村が、六郷を案内してきた遊女に命じた。

六郷は唖然としていた。留守居役の宴席は、まず女抜きで話をすませるのが慣例であった。余人を交えず、酒の入らない間にことをすませ、そのあと心ゆくまで宴席を楽しむのだ。

それを野々村は無視した。

「あい。すみません」

留守居役の宴席に慣れている遊女があわてて片口を手にした。

「どうぞ」

「いただこう」

六郷は盃《さかずき》を差し出した。

遊女に罪はない。六郷は野々村への苦情を飲みこんで、酒を含んだ。

「代わりを」

野々村も隣の遊女へ盃をつき出した。

「あい」

遊女が酒を注いだ。

「あれ、もうございやせんえ」

野々村に付いている遊女が、片口を振った。

「代わりを持ってこさせろ。急げ」

盃に満たなかった酒を干して、野々村が命じた。

「あい、あい」

馴染《なじ》みなのか、野々村に付いていた遊女がほほえみながら立ちあがった。

「ああ。紅月《こうづき》さん。わちきが」

六郷の酌をしていた遊女が制した。

「お願いいたしゃんす。若水《わかみず》さん」

紅月と呼ばれた遊女が、任せて座った。

「ごめんなんし」

六郷へ一礼した若水が、部屋の外へ出た。

「野々村氏《うじ》、ご用件を先にお伺《うかが》いいたそう」

遊女のいなくなった隙《すき》にと六郷が求めた。

「いやいや、話は明日朝でもよろしかろう。今は楽しもうではないか。六郷どの」

野々村が会談を拒んだ。

「…………」

六郷は沈黙した。

「そうであろう、紅月」

「あいな。主《ぬし》さま」

確認に紅月がうなずいた。

「美姫を腕《かいな》に抱きながら、虚しゅうしては男たる価値がござらぬぞ」

言いながら野々村が紅月の懐へ手を入れた。

「あれ」

大仰に紅月が身をよじった。

吉原の遊女は、帯を乳の下で締める。これは、襟《えり》をくつろがせると同時に、裾《すそ》を開きやすくするためであった。

「白い太股《ふともも》じゃの」

手を胸元に入れながら、野々村が紅月の股間を見た。

「これ以上は、だめでありんすえ」

股間にもう一本の手を伸ばそうとした野々村を紅月が制した。

「やれ、楽しみは酒の後か」

野々村が手を引っ込めた。

「お待たせでありんした」

若水が戻ってきた。

「おかたじけ」

紅月が若水から片口を受け取った。

「さあさ、主さま。お過ごしなんし」

あらためて酒を紅月が勧めた。

「……では、お部屋へ」

遊女に気がいっている野々村は、宴席をそそくさと終わらせた。

「ああ」

残された六郷も、若水に手を取られて、別座敷へと移動した。

「旦那さま、お酒をもう少しお召しになるでありんすか」

若水が訊いた。

「いや、存外に呑んだ。明日に残っては困る。水をくれ」

「あい」

六郷の注文に若水が応じた。

「……うまい」

酔い覚めの水に六郷が舌鼓《したつづみ》を打った。

「よござんした」

若水がほほえんだ。

「そなた、いつも野々村どのの宴席に侍《はべ》るのか」

「かならずというわけではござんせんが、何度かお呼びいただきましたでありんす」

訊かれた若水が答えた。

「いつものように」

「……あい」

若水がうなずいた。

「明日の朝に話をすると聞いたが、どこでどのようにいたすのかの」

問いながら、六郷はすばやく懐から小粒金を取りだし、若水の懐へと落とした。

「こんなに……」

首を傾けて、胸の谷間に落ちた小粒金を見て、若水が驚いた。

「気にしないでいい。わかることだけでよい。教えてくれ」

「あい。いつも先ほどの座敷で朝餉《あさげ》を召しあがりながら、お話を」

「その場に、そなたたちは」

「わちきたちは、朝、お側につきません」

若水が首を振った。

これも吉原のしきたりであった。何日も居続ける客のときだけ、遊女は朝餉の給仕をするが、でなければその日の営業のための準備として、風呂屋へ向かう。吉原の客にとって遊女は馴染みの一人であるが、遊女にとって客は無数にいる。

一人の客の面倒を見続けるわけにはいかなかった。

どのようなことがあるのかわからないと若水が逃げた。

「……ふむ」

六郷が満足そうに首肯した。

客のことを洗いざらい喋《しゃべ》ってくれる遊女はありがたい。それこそ、閨《ねや》での好みまで教えてくれれば、それは大きな価値を持つ。

だが、それは諸刃《もろは》の剣であった。相手がこちら以上の条件を出せば、あっさりと喋るということでもある。

逆に金をもらっても、一定の線引きをしてそれ以上を口にしない遊女は、信用がおける。

「若水と言ったな」

「これから、儂《わし》が西田屋で差配する宴のときは、かならず呼ぶ」

「あい」

六郷が勧誘した。

「まことでありんすか」

若水の顔色が、明るくなった。

西田屋は吉原でもっとも古い創始以来の名見世である。残念ながら、長く太夫を張れるほどの名妓を抱えることができず、三浦屋や卍屋《まんじや》の後塵《こうじん》を拝しているが、それでも昔なじみの大名家は多い。

しかし、前田家ほどの金を遣《つか》う大名家はまずなかった。

前田は外様最大の藩であるだけでなく、江戸まで近い。参勤交代も十日ほどですむ。前田家に次ぐ大藩の薩摩《さつま》は火山を抱えるため物成りが悪いうえ、江戸までが遠い。仙台の伊達《だて》は江戸までは前田家と変わらないが、奥州で冷害が多く藩庫が乏しい。

前田家のやることは派手であり、宴席に侍った遊女たちへの心付けも多い。しかも前田家は三浦屋を贔屓《ひいき》にしており、接待の相手方から指摘されない限り、西田屋を使わない。それが、若水を気に入ったので、宴席を西田屋で開くと言ったのだ。

「主さま……」

若水が崩れるように六郷の胸のなかに身体《からだ》を落としてきた。

翌朝、六郷は久しぶりに腰がだるい思いをしていた。

「お座敷までご案内を」

まだ房事の余韻《よいん》をしたたらせている若水が、六郷の身支度《みじたく》を手伝った。

「そうか。すまぬの」

六郷は若水に連れられて、昨日宴席を開いた座敷まで来た。

「あいにく、ここまでありんす」

座敷の前で若水が六郷の手を握った。

「ごくろうであった。また、頼むぞ」

「お待ちしているでありんす」

若水がすばやく六郷に口づけを残し、去っていった。

「ふむ」

唇《くちびる》を触った六郷は、紅が付いていないことを確認した。

帰る客に昨夜の名残を残すのは、遊女の手管であった。己の匂《にお》い、紅の跡などを男の身体《からだ》にわざと付けてから別れる。こうすることで、男にできるだけ長く情事の余韻を味わわせ、近いうちにまた来ようと思わせるのだ。

しかし、これは六郷には悪手であった。

客と遊女を夫婦《めおと》に見立てる吉原には馴染みという制度があり、男は一人の遊女しか抱けないのが決まりであった。これを破ると、男は詫《わ》び状《じょう》を書かされたうえ、かなりの金額の金を馴染みの見世へ渡し、大門出入りを禁じられる。もちろん、これにも抜け道はあった。相応の金を払って、遊女との馴染みを解消するのだ。それでも浮気者という評判が吉原でたち、太夫などの看板遊女との出会いは許されなくなる。

そんな厳しい慣例の例外が留守居役であった。

留守居役の接待には酒食だけでなく、女も入る。吉原の決まりだから、他の遊女は抱かないというのは、その接待を拒んだことになり、招いてくれた留守居役の失点になる。

となれば恥をかかされた留守居役は、報復に出る。同じように宴席で、女を抱かないと言うくらいならいいが、下手をすれば藩の存亡にかかわるほどのことを知っていながら隠したりされかねない。

接待はするほうも、されるほうも相手の機嫌を伺わなければならないのだ。出された食事を口にするように、遊女も抱く。これが留守居役の定めであった。

吉原の決まりと留守居役の定め。どちらが強いかといえば留守居役が勝った。なにせ、藩の金を遣える留守居役は吉原にとって、大きな客である。しきたりを押しつけて、吉原から留守居役が去っては、大打撃なのだ。

そこで吉原は、他の見世で開かれた宴席にかんしてのみ、しきたりを強制しないことにした。

とはいえ、他への示しもある。これは、暗黙の了解というやつで、表沙汰《おもてざた》にされてはまずい。

そこで、接待を受ける側の留守居役は、他の遊女を抱いた痕跡を身につけずに、見世を出ていくのが礼儀とされていた。

若水はそれを心得ていた。若水はまだ紅を塗っていなかった。

「今回、唯一の拾いものであったな」

六郷は呟いてから、座敷の襖《ふすま》を開けた。

「…………」

すでに朝餉の用意ができた座敷に、野々村の姿はなかった。

「旦那」

部屋の隅に控えていた吉原の男衆《おとこし》、忘八が気まずそうな顔で声をかけた。

「野々村さまは、まだお休みでござんして……」

「そうか。お疲れなのであろう。お待ちしよう」

留守居役は喜怒哀楽のうち、怒を表に出してはいけない。まして、相手は会津家である。六郷は飄々《ひょうひょう》と応じた。

「おはようございまする」

忘八への返答を聞いていたかのように襖が開いた。廊下で立派な身形《みなり》をした初老の男が手をついていた。

「おはようござる」

吉原は身分の上下を気にしない。武士といえども、偉そうな態度は嫌われる。六郷はていねいに応じた。

「西田屋の主どの、なぜ」

不意の来訪に六郷は驚いた。

吉原での宴席は、遊女屋ではなく揚屋《あげや》という貸座敷でおこなわれる。昨日の宴席も、西田屋の遊女を借り出して、揚屋で開かれた。

揚屋まで遊女屋の主が挨拶に出向くことはあるが、招いた側、主人役の留守居役がいないときに顔をだすなどあり得る話ではなかった。

「野々村さまの宴席でございましたので」

西田屋甚右衛門《じんえもん》が苦笑を浮かべた。

「なるほど。いつものことだと」

「……お茶を」

それには答えず、西田屋甚右衛門が部屋へ入るとお茶を点《た》て始めた。

「どうぞ」

「お見事な」

姿勢といい、茶碗のなかの泡のきめ細かさといい、西田屋甚右衛門はかなりの茶人と六郷は感心した。

「ちょうだいする」

留守居役の教養に茶道は必須であった。

「いや、さすがは加賀さまのお留守居役さま」

茶碗を飲み干した六郷を西田屋甚右衛門が褒《ほ》めた。

「けっこうなお点前でございました」

一礼して六郷は、茶碗を愛《め》でた。

「これは……」

六郷が西田屋甚右衛門を見た。

「お目に留まりましたか」

西田屋甚右衛門が、一層《いっそう》感嘆した。

「楽焼《らくやき》、それもかなりの手」

唾《つば》を六郷は呑んだ。

「はい。長次郎《ちょうじろう》で」

なんでもないことのように西田屋甚右衛門が告げた。

長次郎とは朝鮮から渡ってきたといわれる陶工の息子で、織田信長《おだのぶなが》、豊臣秀吉《とよとみひでよし》に仕えた楽焼の名人と知られている。とくに千利休《せんのりきゅう》の薫陶を受け、仕上げた茶碗はどれもわびさびの極致であり、その価値は一城に匹敵すると言われていた。

「千両……いや……」

六郷は、そっと茶碗を畳《たたみ》の上へ置いた。

「先日、日本橋のお方が、三千両と値付けくださいましたが」

日本橋には豪商が軒を連ねていた。

「売らなかったと」

「はい。いただきものでございますので。お客さまからいただいたものをお売りするほど、西田屋は貧しておりません」

茶碗を受け取って、己用に一服点てた西田屋甚右衛門が茶を喫した。

「いや、眼福でござった」

一生目にするとは思えない名品、それこそ藩主綱紀でさえ持っていないほどのものを遣《つか》えたのだ。六郷が感謝した。

「それはよろしゅうございました」

なんでもないことのように西田屋甚右衛門が茶道具を片づけ始めた。

「きみがてて」

廊下から忘八が西田屋甚右衛門を呼んだ。

「どうやら、野々村さまがお見えでございまする。では、わたくしはこれで」

すっと西田屋甚右衛門が去った。

「ううむうう。見事としか言えぬ。野々村どのの失態を補ったこの手腕。野々村どのが遅れなければ、あれほどの名品で茶を飲むことはかなわなかった。遅れてくれたお陰で、いい思いができた状況に変えてみせるとは。留守居役としては、あれほどの助けをもらえるのはありがたい」

六郷が西田屋甚右衛門を手放しで褒めた。

「ふむう。加賀藩は三浦屋一本だったが、西田屋を加えるのもよいな。そうじゃ、瀬能の面倒を任せよう」

独りごちた六郷が手を打った。

「若水と西田屋甚右衛門。この二人を知っただけで、野々村どのの呼び出しはよきものとなった」

六郷はほほえんだ。

「いや、お待たせした。紅月がなかなか寝かしてくれなんだのでな」

悪びれることなく野々村が顔を出した。

「早速、朝餉といたしましょうぞ」

あっさりと野々村が膳のものへ箸《はし》を付けた。

「…………」

一言の詫びもないことに、六郷はあきれた。

「……さて、腹もくちた」

きれいに膳の菜を片づけて、野々村が六郷を見た。

「伺いましょう」

ようやく本題だと六郷は身構えた。

「貸しをなくしてくれ」

野々村が直截《ちょくせつ》に求めた。

「なにを言われているか、おわかりであろうな」

六郷が念を押した。

「もちろんじゃ。貴家の留守居役どのが、国元で得たという貸しだが、いくらなんでも大きな貸しを二つは過ぎよう。さほどのことがあったわけでもなかろう。どうじゃ、昨夜の宴席で帳消しに……」

「ご貴殿は、留守居役をなさって何年になられるか」

六郷は野々村を遮《さえぎ》った。

「……一年半ほどだが」

「前役はなにを」

さらに六郷は問うた。

「前は江戸下屋敷用人添役《そえやく》でござる」

「その前は」

「なにが言いたいのだ」

野々村が苛立《いらだ》った。

「失礼ながら、留守居役とはなにかが、おわかりとは思えませぬ」

「……な、なにを」

「留守居役にとって貸しとはどれほどのものか、おわかりではないようだ。先日会津まで行った瀬能は、貸しを与えられたのではござらぬ。命を張って奪ってきたのでござる。それを宴席一つと引き替えろなど」

六郷はあきれかえっていた。

「会津家が頼んでいるのだぞ」

「……失礼しよう。忘八、もう一度西田屋甚右衛門をお願いしたい」

「これにおりまする」

開いた襖の向こうに西田屋甚右衛門が控えていた。

「……なんとも怖ろしい御仁《ごじん》じゃ」

六郷は感嘆した。

「昨夜の宴席の代金は、本郷へ回してくれ」

「よろしゅうございますので」

西田屋甚右衛門が野々村へ尋ねた。

「いやならぬ。当家が払う」

野々村が首を振った。

「六郷どの、先ほどの返事は否でよいのだな」

さすがに六郷のこの態度で了とするはずはなかった。

「当然でござる」

「よいのだな。会津を敵にして」

野々村が脅しにかかった。

「お屋敷に戻って、栄井田《さかいだ》どのにご報告なさることだ」

「栄井田どの……すでに隠居した先代の留守居役筆頭になにを聞けと」

怪訝《けげん》な顔を野々村がした。

「三日、三日でござる」

六郷はそれだけ言うと西田屋甚右衛門に一礼をして揚屋を出た。

「西田屋、加賀もたいした相手ではないな。宴席に招かれた側としての礼儀ができておらぬ」

野々村が憤っていた。

「とんでもございませぬ。ずいぶんとお気遣いでございました」

西田屋甚右衛門が野々村を宥《なだ》めた。

「どこがだ。話の最中に座を蹴って立つなど、戦《いくさ》を仕掛けられても文句の言えぬところだぞ」

野々村が怒った。

「三日の猶予《ゆうよ》をくださいましたが」

「……猶予だと」

「おわかりになりませんか。では、先ほど六郷さまが申されたようになさいませ」

西田屋甚右衛門が助言をした。

「栄井田どののことか。すでに隠居して何年になると思うのだ。今さら年寄りになにを聞けと」

野々村が不満を口にした。

「早くお帰りになられたほうがよろしいかと。三日はもう二日半に減りました」

「わかった。わかった」

言われた野々村が承諾した。

三

娘を襲われた本多政長は容赦《ようしゃ》なかった。

「三人生きているのだ。二人までなら殺してもかまわぬ。なんとしてでも吐かせろ」

本多政長は、直江《なおえ》から引き受けた家臣を統率する兵部を呼びつけて、厳命した。

「お任せをくださいませ」

兵部が低頭した。

屋敷内から琴姫を狙った者が出た。いざというときは防げるように見張っていたとはいえ、行動させたのはまずかった。大乗寺での襲撃に人を割《さ》いたのも一因には違いないが、それは言いわけでしかなかった。

「瀬能でよかったわ。これが他の者ならば、大きな借りができたところだ」

本多政長は苦い顔をした。

「長《ちょう》どのの能登《の》忍《としのび》、白山修験《はくさんしゅげん》もまだ健在だ」

「申しわけもございませぬ」

兵部が小さくなった。

前田家宿老《しゅくろう》の一人で、三万三千石という大禄を与えられている長家は、もともと能登の国人領主であった。前田利家が加賀に入ったときに家臣となった。

能登も耕作に適した土地が少なく冬が長く厳しい。人が生きるには厳しい場所である。これは伊賀《いが》に条件がにている。結果、能登でも忍が発達した。

能登忍は、加賀藩に組みこまれたが、その支配は代々の国人領主である長家に預けられていた。

白山修験はその名のとおり、白山で修行している山伏《やまぶし》である。険しい山道を行き来し、狼《おおかみ》や熊と戦うときもある。今は、大聖寺藩が管理していた。

もし、そのどちらかに琴姫の危機を救われたら、本多家は長家、あるいは大聖寺藩に頭が上がらなくなる。それが数馬の手で助かった。まだ正式に婚姻をしていないとはいえ、武家の婚約はそれに準ずる。数馬は本多家の一族として扱えた。

「儂は、前田孝貞どのに会ってくる」

「尋問はお帰りまでにすませておきまする」

兵部が一礼して出ていった。

同じ加賀藩の宿老だが、互いに万石をこえる。下級藩士が隣家を訪ねるようにはいかない。

あらかじめ使者を出し、今から行っていいかとつごうを聞かなければならなかった。

「お待ちしている」

礼儀を尽くされては、応じるしかない。よほどの用がないかぎりは、訪問を断ったり、日にちを変えさせたりはできなかった。

ましてや相手は加賀藩の国元金沢を押さえている本多政長である。藩主綱紀でさえ、気を遣う相手に、一門だとはいえ拒否する力はなかった。

本多家から前田孝貞家までは、近い。普通に歩いても小半刻《こはんとき》（約三十分）もかからない。だが、互いの身分がある。

本多政長は行列を仕立て駕籠《かご》に乗って前田孝貞を訪問した。

「お出でございまする」

前田孝貞邸は大門を開き、水を打って本多政長を待っていた。

「ようこそのお見えでございまする」

玄関式台に下ろされた駕籠から出た本多政長を用人が迎えた。

「主《あるじ》がお待ち申しております。どうぞ」

「うむ」

顎《あご》で本多政長がうなずいた。

前田孝貞も二万一千石という譜代大名並の禄《ろく》を与えられている。その屋敷は広壮であった。長い廊下を歩いて、本多政長は庭に面した客座敷へと通された。

「久しく見ておらなかったの。息子の婚礼以来か」

本多政長は、前田孝貞邸の庭を愛でた。

「変わらぬであろう」

そこへ前田孝貞が入ってきた。

「ああ。月日とともに人は変わるが、景色は移ろわぬ」

庭に目を向けたまま、本多政長が応じた。

「…………」

二人はそのまましばらく庭を見ていた。

「さて、ご入来のご用件を伺おう」

前田孝貞が静寂を終わらせた。

「そうだの。互いに庭木を手入れするのは、まだ先じゃ」

庭木の手入れは隠居の楽しみになる。ともに百万石の政を預かる重職である二人にはまだまだ隠居は許されなかった。

「ああ」

うなずいた本多政長が続けた。

「木内五郎衛門《きうちごろえもん》を覚えておるか」

「……娘に付けた者であったかの」

言われた前田孝貞が記憶を探った。

「本日死した」

「そうか。惜しい男だったが……なぜ、それを貴殿がわざわざ」

前田孝貞が首をかしげた。

一家臣、それも移籍した者である。その死を報せなければならないが、当主が行列をもって伝えるのは異例すぎた。

「討った」

「…………」

一言に前田孝貞の眉間《みけん》にしわが走った。

「すまぬ」

意味を悟った前田孝貞が謝罪した。

「儂ではない。琴を狙った」

弓を引くまねを本多政長がした。

「琴どのをか。おろかな」

前田孝貞が嘆息した。

「遺体は、引き取ってもらう。それと……」

最後まで本多政長は言わなかった。

「わかっている。かならず、探し出す。許しはせぬ」

裏で木内を唆《そそのか》した者を見つけると前田孝貞が約束した。

「それならば、結構。あやうく軍を興すところであった」

五万石の本多家は、五百人近い侍を動員できる。足軽や陪臣《ばいしん》を加えれば二千人近い兵を出せた。

「…………」

さっと前田孝貞の顔色がなくなった。声に脅しではない真摯《しんし》な色が含まれていると気づいたのだ。

「殿には」

「こちらから報せるつもりはない。別件がある。それで隠せるだろう。今、加賀は面倒な時期だ。藩内で重臣が表でもめるのはまずい」

綱紀には言わないでおくといいながら、本多政長は裏ではしっかりと動くと宣言した。

「心しておく」

前田孝貞が応じた。

「義父どのよ」

問いかけるような口調で、前田孝貞が本多政長を呼んだ。

「なにか」

「殿にお子がおらぬ。これをどう見る」

「どうもせぬ」

本多政長はあっさりと首を横に振った。

「跡継ぎが誰になってもかまわぬと。富山でも、大聖寺でも、直作でも……拙者《せっしゃ》でもか」

「そうじゃ」

「筆頭宿老として、それはいかがなものか」

前田孝貞が無責任だと嚙《か》みついた。

「本多家は、加賀前田家に忠義を尽くす。それだけじゃ。血筋も出自もない。加賀前田家の当主となったお方を支えるだけ」

家督争いには一切手出しをしないと本多政長が宣した。

「……そうか。ならば」

一度前田孝貞が間を空けた。

「拙者が六代当主になったならば」

「おぬしの前に、膝《ひざ》をつき、忠誠を誓う」

「おおっ」

前田孝貞が歓喜の声をあげた。

「念のために申し添えておこう。泰平の世での下克上は許さぬ」

「当主になってしまえば、もう手出しできますまい。忠誠を誓った相手を害せば、それこそ主殺し」

前田孝貞が勝ち誇るように言った。

「前田の当主になるには、幕府の許可が要《い》る。手続きに何日かかるかの。金沢から江戸まで足軽継《あしがるつぎ》でさえ二日いる。殿が亡くなられて、次の当主が認められるまでの空白。その間、おぬしはなんなのだろうな」

氷のような目で本多政長が前田孝貞を見つめた。

「…………」

前田孝貞が蒼白になった。

「上を見るなとは言わぬが、他人に踊らされぬようにせよ。今回の木内の一件は、姻《いん》戚《せき》に繋がる者としての老婆心じゃ。おぬしの指示でないとしたならば、木内を動かしたのは誰か、しっかりと見つけ出し、報復か警告を与えておけ。でなくば……本多が敵になる」

「し、承知」

威圧をこめた本多政長の忠告に、前田孝貞が何度も首を縦に振った。

綱紀は、手元に届けられた本多政長の書状を前になんとも言えない顔をしていた。

「殿、いかがでございましょう」

江戸家老の村井が、綱紀に本多政長の用件を問うた。

「許す」

書状を綱紀が村井の前へ投げた。

「拝見いたしまする」

村井が本多政長の書状を読んだ。

「なるほど、瀬能を参勤交代に加えろと」

「また面倒なことを申してくる。本多の爺《じい》は、余になにをさせたいのだ」

綱紀が嘆息した。

「江戸に瀬能を置いておくわけにはいかぬと、本多どのもお気づきになられたのではございませぬか」

ここ最近の数馬を中心にした面倒のことを村井が述べた。

「そんなに簡単なわけなかろうが。あの本多ぞ」

「……そう仰せられましたら……」

村井の声が小さくなった。江戸定府の村井は、本多政長との接点がほとんどない。その怖ろしさは聞いていても、実体験ではないだけに、どうしても受け取りかたが甘かった。

「…………」

しばらく二人が思案に入った。

「無理じゃな」

最初に音《ね》を上げたのは綱紀であった。

「いくら頑張《がんば》っても、本多の爺の考えなどわからぬわ」

「はい」

あきらめた綱紀に、村井も同意した。

「筆頭宿老の求めぞ。拒むわけにもいかぬ」

綱紀が、首を左右に振った。

「では……」

「うむ。瀬能をこれへ」

村井へ綱紀が指示した。

主君の呼び出しは、なによりも優先しなければならない。数馬は、留守居溜《だまり》から御《ご》座《ざ》の間へと急いだ。

「お呼びと伺いました」

御座の間は上の間と下の間からなる。数馬は下の間の襖際《ふすまぎわ》で手をついた。

「来たか、瀬能。近う参れ」

綱紀が手招きをした。

「畏《おそ》れ入りまする」

数馬はその場で平伏した。貴人の側に行くための儀式であった。ご威光で顔もあげられませんと態度で示さなければならない。

「無駄は要らぬ。そんな手間は江戸城のなかだけでいいわ」

機嫌のよくない声で、綱紀が言った。

「はっ」

そこまで言われては従わざるを得ない。数馬は、腰を屈《かが》めた状態で綱紀の前まで進んだ。

「そなたに国入りの供を命じる」

綱紀が告げた。

「はっ。承りましてございまする」

主君の命《めい》を拒むことはできなかった。なにか言いたいときでも、まずは引き受けてからのことであった。

「瀬能、そなたのところに本多の爺からなにか申して参ったか」

「いいえ。なにもございませぬ」

問われた数馬は否定した。

「ふむ。どう思う」

綱紀が村井に目を向けた。

「…………」

村井が無言で首を横に振った。

「だの」

短く綱紀がうなずいた。

「瀬能、下がってよい」

「はっ」

手を振られた数馬は、そのまま留守居溜へと帰った。


いつものように夕刻まで留守居溜に詰めた数馬は、家へ帰る前に角有無斎《かゆむさい》のもとを訪ねた。

角有無斎とは、留守居役を引退した先達であった。加賀にこの人ありと言われた留守居役だった角有無斎を、六郷と五木が数馬の指南役に引きずり出した。

「御免《ごめん》を」

「どうぞ、お通りを」

角有無斎は家督を息子に譲り、長屋の片隅に造った離れで生活している。数馬は、母屋に挨拶《あいさつ》だけして、離れへ通ることになっていた。

「これは瀬能どの」

「お邪魔をいたしまする」

数馬は角有無斎に挨拶をした。

「本日はなにかございましたかの」

角有無斎が問うた。

指南といったところで、留守居役は実地で役目を果たしていく。どうすればいい留守居役になれるかなど、講義のしようもない。そこで角有無斎は、数馬に会うたびになにがあったかを聞き出し、そういうときはどうすればいいかを話すようにしていた。

「さきほど、殿より、国元への供を命じられましてございまする」

「ほう。参勤のお供を」

角有無斎が驚きの声を漏らした。

「参勤行列で留守居役に仕事はございましょうや」

数馬は訊いた。

「ございますぞ。いや、参勤の留守居役は、行列供頭《ともがしら》の次に重要な役割でござる」

角有無斎が力を入れた。

「どのような御用をいたせば……」

「留守居役の仕事はどこにいこうが、変わりませぬ。留守居役は対外の交渉が任でござる」

問うた数馬に、角有無斎が述べた。

「交渉でございまするか」

「さよう。参勤の行列は、色々な領地を通りまする。加賀藩ならば越後《えちご》高田《たかだ》松平家の城下が代表でござるな。他にも糸魚川《いといがわ》だとか、川越《かわごえ》だとかいくつもの大名領を通りましょう」

「なるほど。その大名家へのご挨拶」

数馬は理解した。

「もちろん、参勤の前にもそれらの大名家への挨拶はすまさねばなりませぬ。江戸屋敷へ留守居役が出向き、白絹などを贈りまする」

白絹は、真っ白な絹の反物である。使い道が多いこともあり、かなり高価で取引される。もらった方も、自分で使うか、売り払うかを選択できる。

「ちなみに、国元から江戸へ出てきたときは、着いてからあらためて国元の名産を贈るのでござる。当家ならば、草木染めの反物や俵ものなどでござるな」

ついでだからと国元から江戸への参勤についても角有無斎が語った。

「すでに贈りものがすんでいるならば、参勤留守居役はなにを」

「金を持って、城下の家老職のもとへ挨拶に行くのでござる」

「……金」

江戸屋敷ではわざわざ白絹の形を取る贈りものが、国元では現金だと言われて数馬は驚いた。

「わかりませぬかな。白絹は重くかさばりましょう。でも金はしれておりまする」

「荷物にならないと」

数馬が反応した。

「さよう。それに金は遣わないといって減りませぬし、雨が降ったからといって汚れませぬ。そして……」

一度角有無斎が言葉を切った。

「……金は上から下まで、人に対してよく効きまする」

角有無斎が述べた。

「金の、金の遣い方を覚えるのも、留守居の仕事……」

「…………」

確かめるように言う数馬に、角有無斎が無言でうなずいた。

長屋に帰った数馬は無言であった。

「なにかご懸念でもございましょうや」

石動庫之介が気遣った。

「……いや。あらためてお役の困難さを思っただけだ」

数馬は嘆息した。

「お帰りなさいませ」

「……佐奈。戻っていたか」

居室で出迎えた佐奈に、数馬は驚いた。

「昼ごろに」

佐奈が答えた。

「琴どのはどうであった」

「…………」

問うた数馬に、佐奈が深々と頭を下げた。

「佐奈、さつきも」

見れば佐奈の後でさつきも平伏していた。

「旦那さまのお陰で、姫さまをお守りすることができましてございまする」

佐奈がそのままの姿勢で礼を言った。

「それはなによりだが、手配りはしっかりしてあったのだろう」

真摯に礼を口にする佐奈に、数馬は懸念を表した。

「恥ずかしきことながら、同時に二つの敵から狙われる事態に陥《おちい》り、危うく姫さまが射抜かれるところでございました」

報告しなければならないと、佐奈が顔をあげた。

「……詳《くわ》しく聞かせよ」

数馬も表情を険しいものにした。

「はい。本多家初代安房守さまの祥月《しょうつき》命日で……」

佐奈が次第を語った。

「油断だな」

聞き終えた数馬は厳しく指摘した。

「お返しする言葉もございませぬ」

それに応えたのはさつきであった。

「敵を甘く見ていたこと、そしてなにより旦那さまを侮《あなど》っておりましたこと、深くお詫び申しあげまする」

　さつきが口調を一変させていた。

「……侮る」

　はっきり言われた数馬は鼻白んだ。

「まあいい。琴どのが無事だったのだ」

　経緯はどうあれ、結果がよければ問題はない。数馬は安堵《あんど》の息を吐いた。

「これを」

　佐奈が懐から書状を出した。

「……この香りは琴どの」

　受け取った書状からかすかに香る匂いに数馬は琴姫を思い出した。

「ご披見いただきますよう」

　佐奈が読むようにと言った。

「…………」

　直接琴姫から佐奈が預かってきた手紙は、簡単にしか封じられていなかった。すんなり開いた数馬は、柔らかい手蹟《しゅせき》を目で追った。

「今度の国入りも琴どののご手配か」

手紙には佐奈を寄こしてくれたことへの感謝と参勤交代で国元へ戻ってくるように父本多政長が手配したと書いてあった。

「姫さまもお話ししたいことがたくさんあると仰せでございました」

「そうか」

用件の後に書かれていた一行に、数馬は集中した。

「愛しいお方へ」

琴姫の想いを数馬はそこに感じた。

「ご苦労であった」

書状をたたみながら、数馬は佐奈をねぎらった。

「いえ」

佐奈がたいしたことではないと首を横に振った。

「で、最後に弓で琴どのを狙った愚か者は、前田孝貞どのに繋がっていた。では、最初の多数はどこの手だ」

「…………」

佐奈が迷った。

「話せ。吾《わ》が妻となる琴どのを襲われて、なにも知らぬでおれるか」

数馬が強く求めた。

「……調べました結果、富山藩の者であると白状いたしました」

「富山だと」

数馬は驚いた。

富山藩は、前田家の分家である。加賀三代藩主前田利常が隠居するとき、長男光高に本藩を、次男利次《としつぐ》に富山十万石を、三男利治《としはる》に大聖寺七万石を分けた。

富山藩は設立直後、新城を建築するとして普請を始めたが、立藩したばかりで経済がもろく、費用が足りなくなり断念、加賀藩前田家から富山城を譲り受けて居城とした。

さらに河川が多く水不足が無く、富裕な農地でもある富山は天候次第で水害を受けやすいという表裏一体の領地であり、藩の収入の不安定を招いた。

こういった事情もあり、藩政は最初から困難を極め、本藩である加賀藩から莫大《ばくだい》な金を借りており、頭の上がらない状況にあった。

「藩主公に跡継ぎのない今、殿に何かございますれば、六代藩主となるのは、長幼の序に従い、大蔵大輔《おおくらのたいふ》さまにしかず。そうなれば、富山藩は本藩に吸収され、家臣たちも分家付《づき》から前田の直臣に戻れると」

佐奈が捕まえた刺客から訊き出したことを告げた。

「むうう」

数馬は唸《うな》った。

「しかし、よく白状したの。分家の富山がそのようなことを考えているとわかっただけで、本家から厳しく咎められるだろうに」

分家はあくまでも本家に従うものである。所領を分けてもらった身分で、いつ領土の返還を求められても仕方がない。

分家の立場は弱い。

また、家臣たちも差別を受けた。分家の家臣は、もともと本藩の家中であった。藩主の子供や兄弟が分家になるとき、本家から付けられた者の子孫こそ、分家の家臣であった。

とはいえ、分家は本家の下になる。分家の家臣は、本家の家中に対して、一歩も二歩も引かなければならない。

「二代前まで同僚であった」

「吾が祖父は、あやつの上司であったろうに」

そういった不満を分家の家臣が持つのも無理はなかった。

「なにをしている」

「もっと倹約をせぬか」

そこに本家が分家へ介入する。

「…………」

「わかりましてございまする」

金を借りているというのもあり、言われても反論ができない。

これらが合わさって、分家の本家への不満は溜《た》まる。

「抑えよ。本家あっての分家じゃ」

「枝葉が、幹を傷つけてどうする。本家が滅びれば、分家も消えるのだぞ」

なかには家臣たちの暴走をなだめる重職もいるが、やがて数の勢いに流されていく。

加賀藩ではないが、佐賀の鍋島《なべしま》藩など、本家と分家が紛争を起こし、分家が幕府へ本家の隣から遠方への国替えを願うという事態まで引き起こしている。

さすがに本家が奔走《ほんそう》、分家の移封は防がれたが、そうなれば大事であった。

分家が出ていったあとが火種になるのだ。

空き地になったところに、誰が封じられるか。もし、鍋島に遺恨がある大名が来たら、紛争は確定である。いや、それならばまだいい。喧嘩《けんか》両成敗が原則であり、もめ事を起こせば、双方が咎められる。よほどのことがない限り、小競り合いで終わる。もっと質《たち》の悪いのは、隣を幕府領にされたときであった。

幕府領は、諸藩よりも年貢が低い。諸大名はよくて五公五民、悪くて六公四民である。対して、幕府領は四公六民が基本であった。幕府領のほうが、百姓にはありがたいのだ。

わずかに川を挟んだ対岸、道を少し進んだところが、楽な生活を送っている。重い年貢で苦しんでいる大名領の百姓から見れば、たまったものではない。豊作が続けばいいが、凶作になったとき、その不満は爆発する。一揆《いっき》になる。一揆は大名の大きな傷である。領内を治める能力なしとして、改易されたり減封、転封される理由になる。

こうなっては困るので、本家もあるていど分家を助ける。

中途半端な援助を受ける分家にしてみれば、本家への妬《ねた》みしか残らない。なんとかしてこの境遇から抜け出したいと考えて当然であった。

「大蔵大輔どのの指示か」

「おそらく違いましょう」

数馬の確認に、佐奈が否定した。

大蔵大輔とは加賀藩分家富山藩の主《あるじ》前田大蔵大輔正甫《まさとし》のことだ。延宝《えんぽう》二年（一六七四）、父利次の死を受けて二代藩主となった。

当主となってから藩政に力を注ぎ、新田開発、産業殖産を奨励しただけでなく、人材育成にも熱心な名君であった。

越中で鉱山や稔《みの》りの良い土地を手放さず、痩《や》せ地《ち》ばかりを与えた本藩への恨みや辛《つら》みはあるだろうが、本末転倒な野望を持つとは考えられなかった。

「では、誰が」

数馬が問うた。

「それはご自身で見つけ出すように。それは妻を襲われた夫の仕事だと、本多の殿が」

「義父上《ちち》がか……」

佐奈の応えに、数馬はそれ以上なにも言えなくなった。

第三章　宴《うたげ》の裏

一

数馬を参勤交代に加えると綱紀から指示された六郷大和《やまと》は、難しい顔をした。

「参勤留守居役《るすいやく》をさせるには、顔が知られていない」

六郷が嘆息した。

数馬は留守居役になって日が浅い。経験もないから、留守居役の会合にも一人で出せていない。いや、人手不足で出したことはあるが、それで面倒を抱えてきた。

「なぜ殿は、瀬能をお役御免《ごめん》になさらぬのか」

六郷は不満を口にした。

「やはり本多さまのご意向でしょうな」

留守居役の五木が述べた。

「本多翁のお考えもわからん」

一層《いっそう》難しい表情で、六郷が嘆息した。

「事情はどうであれ、殿のご命《めい》とあれば、従わざるを得ませぬ」

五木があきらめろと言った。

「わかっておる。問題は、どうするかだ」

「もう一人留守居役を付ければ……無理でござるな」

提案しておきながら、五木が否定した。

「一人出せば、江戸留守居役の数が足りなくなりまする」

五木が首を横に振った。

堀田家の手を潰《つぶ》したとはいえ、まだ綱紀の継室騒動は終わっていない。百万石の領地を持ち、将軍秀忠の曾孫《そうそん》という名門前田家と縁を結びたい大名は多い。

しかも今回は正室ではなく、継室なのだ。

正室は家と家の釣り合いをとったうえで迎える。前田家ならば、将軍家あるいは御三家、越前《えちぜん》松平家、会津《あいづ》保科家あたりに限定される。石高でいけば薩摩《さつま》島津や仙台伊達も入るが、外様《とざま》の大藩同士が縁を結ぶなど幕府が許さない。ましてや、十万石に満たない大名では、端《はな》から相手にされていない。

しかし、継室となれば話は違った。

継室は、家臣の娘でさえなれる。格は正室ほど厳しい制限を受けない。それこそ、数万石でも大名であれば、百万石の継室としていささかの悪評は受けるだろうが、否定されることはなかった。

「百万石の後《うし》ろ盾《だて》が欲しい」

すでに藩財政に大きな傷を負っている小名たちは、こぞって名乗りを上げた。

とはいえ、大名の婚姻《こんいん》である。庶民とは違い、本人同士がどこかで出会って、気に入ったから一緒になろうとか、間に立つ仲人がいていい娘さんだからもらってはどうだとはなりはしない。

「どのような条件が」

前田家が継室に求めている条件を訊《き》き出すことから、始めることになる。

かといって江戸城内で大名同士が集まって話をしていれば、たちまち目付《めつけ》から見咎《みとが》められる。

そこで留守居役の出番であった。

「是非《ぜひ》、ご席を」

「お目通りのうえ、ご高説を賜《たまわ》りたく」

加賀藩前田家の留守居役には、毎日いろいろな大名から接待の申し込みが殺到していた。

「やはり現場ではございませぬしなあ。瀬能は員数にいれられませぬ」

「角有無斎《かゆむさい》どのに、ご教育をお願いしているが……」

六郷と五木が顔を見合わせた。

「いかがでございましょう、角有無斎どのに参勤のときだけ留守居役として復帰してもらっては」

「瀬能に付けて国元へ行ってもらうか」

五木の提案に六郷が思案した。

「ご家老さまのもとへ行ってくる」

今日も六郷は宴席を二つ掛け持ちすることになっている。ゆっくりと構えている暇などなかった。

「ならぬ」

六郷の求めを、村井はあっさりと拒否した。

「なぜでございましょう。瀬能だけでは心許《こころもと》ないのでございますが」

一顧《いっこ》だにされなかったことに愕然《がくぜん》としながら、六郷は理由を問うた。

「隠居した者の手を借りねばならぬほど、留守居役は情けないのだな」

理由ではなく、村井は六郷たちの素質を疑って見せた。

「そのようなことはございませぬ。我ら留守居役、身命《しんみょう》を賭してお役目に邁進《まいしん》いたしております。ご家老さまも、今が尋常ではない状況だとおわかりでございましょう。今回のことは、特別な対応であるとお考えいただきますようお願いをいたしたく」

「…………」

六郷が話す間、村井は黙っていた。

「ご家老さま……」

「わからぬのか」

怪訝《けげん》そうな顔をした六郷に、村井は冷たい声で応じた。

「……わかりませぬ」

六郷が首をかしげた。

「留守居役にだけ特別を認めてよいのだな」

村井が念を押すように言った。

「……あっ」

六郷が声を上げた。

「家中の反発」

「そうだ。留守居役は家中からうらやまれている。藩の金で飲み喰《く》いをし、女を抱いているとな。藩政逼迫《ひっぱく》のおりでも、留守居役には一定の配慮がなされる。赤い顔で屋敷へ帰ってきても、藩のためだと思えばこそ、皆、辛抱をしている」

「優遇されていると」

「藩士は全員そう思っておる。儂《わし》を含めてな」

「ご家老さままで……」

六郷が呆然《ぼうぜん》とした。

「嫉妬《しっと》とは醜《みにく》いものだ。頭ではわかっていても、感情が納得せぬ。人は理不尽である」

村井が告げた。

「留守居役の実態をご存じであられましょう。皆、決して宴席を楽しんでなどおりませぬ。酒は呑《の》んでも酔わぬように気を張り、他家との交渉に挑んでおりまする」

あんまりだと六郷が泣き言を述べた。

「小沢もそうだったか」

「うっ……」

冷たい村井の声に、六郷が絶句した。

「あやつも命がけで役目を果たしていたと、そなたは申すのだな」

「……いいえ」

六郷はうつむいた。

小沢兵衛の名前をだされただけで、六郷の主張は霧散するしかなくなった。

「家中は皆、小沢のことを知っている。そなたたちも疑いの目で見られていると思え。そんなとき、宴席に出る者が足りぬからと、隠居した留守居役を復帰させてみろ。家中が黙っておらぬぞ。儂が言い聞かせても、いや、殿がお声を出されても治まるまい」

正論を村井はぶつけた。

「……わたくしの求めはなかったことにさせていただきたく」

六郷はすごすごと帰るしかなかった。

消沈して戻って来た六郷の様子に五木が驚いた。

「いかがなされました。ご家老のお許しは」

「ならぬと言われた」

首を左右に振りながら、六郷が説明した。

「……小沢めええ」

五木が顔をゆがめた。

「ここにおらぬ者を罵《ののし》っても無駄だ」

六郷も無念そうな顔をしながら、五木を諫《いさ》めた。

「今ある人数でやりくりするしかない」

「では、瀬能はどういたしましょう」

「参勤交代でお世話になる各大名家の留守居役を招いて宴席をやらせよう」

問うた五木に、六郷は決断した。

「大丈夫でございましょうか」

「幸い、街道筋の大名家でさほど大きなところはない。名門もな」

六郷が続けた。

「瀬能に任せても、向こうから文句はでまい」

「そうではなく、宴席を無事にこなせましょうや」

心配するところが違うと、五木が述べた。

「瀬能は、未《いま》だ一度も宴席を仕切っておりませぬ。留守居役の宴席には、いろいろなしきたりがございますが、まだ瀬能はそのすべてを……」

「わかっておるわ」

危惧《きぐ》する五木に、六郷が苛立《いらだ》った。

「儂によい手がある。瀬能には吉原の西田屋を使わせる」

「西田屋でございまするか。前田家が馴染《なじ》みとしておるのは三浦屋でございますぞ。三浦屋ならば手慣れておりますのに」

五木が驚いた。

「儂は以前から、三浦屋だけでは、手が回らぬことがあると感じていた」

「それは、わたくしも思っておりましたが……」

吉原最大の見世《みせ》といえる三浦屋は、妓《おんな》の数も多く、座持ちもうまい。当然、三浦屋を贔屓《ひいき》にしている大名家は多く、こちらが望んだときに空きがないということがままあった。

「あいにく三浦屋は、満席だとか」

留守居にとって主君に近い先達《せんだつ》から、吉原での接待を求められたとき、そう断るのはまずかった。

「百万石でも、三浦屋はなびきませぬかの」

先達から嫌味を言われるだけですめばいい。

「その日がだめとなれば……当分、難しゅうござるな」

打ち合わせをしないとまで言い出す先達もいた。

留守居役は、いかに客を満足させて譲歩を引き出すか、話を聞くかのためにいる。諸大名の留守居役だけでなく、幕府の役人にそう言われては、役目を果たせなくなる。

「西田屋にできましょうや」

五木が首をかしげた。

「いい妓がおる。なにより、主《あるじ》西田屋甚右衛門がすさまじい。いや、儂は西田屋甚右衛門を太夫《たゆう》さえおけぬ先祖の名前だけで名見世だと暖簾《のれん》をあげている小物だと思っていた。いや、人を見る目がなさすぎた。じつはの……」

六郷が語った。

「それは見事な」

茶席での西田屋甚右衛門の様子を聞いた五木が感心した。

「どうだ。肚《はら》を割って話せば、力になってくれよう」

「はい。西田屋も昨今、客が減っているという噂《うわさ》もございまする。きっと応じましょう」

六郷の案に五木が同意した。

「いつ行ける」

「わたくしがでございますか。面識のできた六郷さまのほうがよろしいのでは」

打ち合わせて来いと言った六郷に、五木が驚いた。

「先日西田屋に行ったばかりの儂が、日をおかずにいけば、なにかあるのではと勘ぐる者がでよう」

加賀藩筆頭留守居役の顔は知られている。五木もかなり名の知れた留守居役だが、六郷よりは目立っていない。

「……あさっての七つ（午後四時ごろ）でよろしければ」

少し考えて、五木が応えた。

「それでよい。任せる」

六郷が認めた。

二

富山藩でもっとも力を持つのは国家老近藤主計《こんどうかずえ》であった。

近藤家は前田利家のときに仕え、戦功著しく加賀藩で高禄を喰《は》んでいた。主計の曾《そう》祖父《そふ》大和守長広《やまとのかみながひろ》も前田利長に寵愛《ちょうあい》され、一万四千石を与えられていた。その大和守長広の孫、善右衛門長房《ぜんえもんながふさ》は幼少より前田家三代利常に仕えていたが、父の死を受けて遺領の一部三千石を相続し、一家を立てた。のち富山藩分藩のおり、善右衛門長房は家老職を命じられ、藩主利次に供奉《ぐぶ》して富山へ移住した。

富山藩初代前田利次も善右衛門長房を重用、その次子正甫《まさとし》を屋敷に預け、傅育《ふいく》を任すほど信頼していた。

そして、正甫が富山藩を継いだ。

さすがに善右衛門長房は、己《おのれ》が傅育した正甫が藩主になったからといって増上慢にはならなかったが、寛文《かんぶん》九年（一六六九）に死亡してしまった。その跡を継いだのが甥《おい》で養子の主計であった。近藤善右衛門長房にも実子は居たが、早世しており、一族から主計を養子に迎えていた。

この主計が出世欲にまみれていた。

「近藤家はもともと一万四千石だった。それが今やわずか三千七百石、しかも十万石の分家の家老。履歴を見ても、このていどで終わる家ではない。金沢に帰り、ふたたび一万四千石をいただき、人持ち組となるのだ」

祖先の栄光を主計は望んでいた。

武家の禄はそのほとんどが、子孫に受け継がれる。ただ、一代の加増分については、相続のときに取りあげられることもあった。禄が減ると家格も落ちる。名家の跡取りとして育った者には、大きな痛手となった。

「ご一緒しますぞ」

「わたくしも」

権門には人が集まる。傅育してくれた近藤家には、藩主前田正甫さえ遠慮するのだ。藩士たちが主計を持ちあげるのも当然であった。

「殿を本家へお返しする」

主計は、正甫を加賀前田家百万石の主にすえると宣言した。

「さすれば、我らも本家へ帰ることができよう」

「おう」

「やるぞ」

主計の檄《げき》に、一味郎党が唱和した。

「そのためには、本家の人を片づけねばならぬ」

綱紀がいるかぎり、正甫の出番はない。

「子ができる前にやらねばならぬ」

「しかし、どうやって……」

本家の主君を討つのは、かなり難しい。

「まもなく参勤で本家は、金沢へ戻ってくる」

「その途上を襲うのでござるな」

先走った者が、主計の話に口を挟んだ。

「それは悪手だ」

主計が断じた。

「いくら地の利があり、襲撃しやすいとはいえ、もし富山で本家どのになにかあれば、いろいろとうるさく言う者も出る。とくに大聖寺あたりが黙ってはおるまい」

大聖寺も分家である。富山と同じ思いを抱いていないとは言えなかった。

「では、藩領をこえたところで……」

「無理だ」

重ねた者へ、主計が首を横に振った。

「加賀百万石の行列ぞ。小者まで入れれば二千人近い。富山藩のすべてを結集しても、届かぬわ」

「我らの強き意思があれば、千や二千などものの数ではござらぬ」

「さよう。さよう。我らが見事蹴散らしてご覧に入れる」

血気盛んな者たちが、気勢をあげた。

「落ち着け。他の藩領へ、それだけの者を出せるか。それこそ、謀叛《むほん》の兆しありと幕府へ訴人されて、家が潰れるわ」

主計があきれた。

「むうう」

「短慮でございました」

叱《しか》られた若者たちがうなだれた。

「ではどうするのでござる」

一味のなかでは歳上の藩士が問うた。

「敵の国元で討ち取る」

主計が言った。

「金沢で……」

「できましょうや」

藩士たちがざわついた。

「金沢でもし本家どのに何かあれば、幕府の介入は必至じゃ」

外様最大の百万石である。その当主の死は、幕府の興味を引く。

「ゆえに、金沢の家老たちも必死でことを隠そうとするであろう」

当主の変死は、藩を潰す理由になる。

「それを利用する。本家の殿の跡を継ぐのは、我らが殿しかおらぬとな。我らの殿をいただかねば、真相を幕府へ訴えて出ると」

「そううまくいきましょうか」

年嵩《としかさ》の藩士が疑問を呈した。

「金沢には、本多がおりまする。本多は幕府と繋《つな》がっておりましょう。加賀を潰すために送りこまれたのが本多ならば、本家の殿の死はかっこうの餌食《えじき》では」

「そこよ」

主計が手を打った。

「逆に考えれば、本多さえ押さえてしまえば、どうとでもできよう。本多から幕府へ、富山藩主こそ、本家の殿を継ぐべきだと言わせれば……」

「あの本多に、そうさせることができましょうか」

主計の策に、年嵩の藩士が無理だろうと言った。

「弱みを握ればいい。本多には弱みがある。そこを突く」

「本多の弱み……」

「そうじゃ。本多の姫、琴をさらう。跡継ぎ息子と違って、一度縁づいて戻った娘だ。あまり派手な警固《けいご》もできぬわな。出戻りを自慢するようでの。ふふふ、吾《わ》が娘の命と引き替えならば、本多も折れよう。本多にとって、加賀の当主が誰かなど関係ないのだ」

口の端を主計がつりあげた。

「なるほど」

「さすがは近藤さまだ」

皆が讃《たた》えた。

「では、その役目を南出どの、お願いしよう。何人か連れて行ってくれ。本多の娘だ。初代本多政重の命日には菩提寺《ぼだいじ》へ行こう。そのときを狙ってな」

「承知」

南出がうなずいた。

その打ち合わせから十日ほどで、主計は策の失敗を報《しら》された。

「おぬし、本当に浅生か」

主計は屋敷の庭に虫の息で捨てられていた浅生の変わりように目を剝《む》いていた。浅生は全身を切り刻まれ、血まみれで横たわった。

「た、助けて」

浅生が手を伸ばした。

「なにがあった。本多の姫はどうした」

医者を呼ぶこともなく、主計が浅生を詰問《きつもん》した。

「もう、許してくれ。頼む。二度と本多には手出しせぬからあ」

泣くような声で訴えたのを最後に、浅生が息絶えた。

「近藤さま」

一緒にいた若い藩士が蒼白《そうはく》になっていた。

「失敗したな」

この状況はそれを表していた。

「浅生は見せしめ……」

いつの間にか屋敷の庭に、浅生が捨てられていた。これは、いつでもおまえたちを殺せるぞという本多政長の意思表示でもあった。

「……近藤さま」

あまりに無惨《むざん》な浅生の死に方に、若い藩士が震えた。

「もう、あきらめたほうが……」

「怖《お》じ気《け》づいたか。情けない」

浅生から目を外して、主計は若い藩士を見た。

「吾が屋敷に浅生を投げこんだ。この意味がわかるか。浅生の後に吾《われ》が居ると本多は知ったのだ」

「浅生どのが、しゃべった」

「おそらくな。ひょっとすれば他の南出や鬼頭かも知れぬが、本多にすべて知られたと考えねばなるまい」

主計が険しい顔をした。

「すべて……では、わたくしたちのことも」

「ああ。本多は知ったぞ。おぬしの名前をな」

大きく目を見開いた若い藩士に、主計は告げた。

「そ、そんな……」

若い藩士が怯《おび》えた。

本多政長の恐ろしさは、富山藩でも知れ渡っていた。

「大丈夫だ。浅生をこうやって返したのは、我らを咎めるだけの証拠《もの》がないという証《あかし》でもある」

「……近藤さま」

若い藩士が首をかしげた。

「わからぬか。無理もない。まだおぬしは若い。政《まつりごと》の裏をわかっておらぬ」

主計が、若い藩士を宥《なだ》めるような目で見た。

「よいか。今回のことに我らが確実にかかわっているという証があれば、本多は迷わず、本家の殿に申し立てるであろう。そして本家から我が殿へ話が回り、我らは咎めを受ける。だが、今回は違う。なにせ、我らがかかわっているというのは、浅生たちの口から出ただけで、なんの書きものもない。本人でない者の言など、信用できぬであろう」

嚙《か》んで含めるように話し、主計は若い藩士を落ち着かせた。

「そのていどのことで、分家とはいえ、他の家中をどうにもできまいが。しっかりとした証なしに他家の家老を糾弾《きゅうだん》する。堂々たる隠密として加賀で疑われている本多が、これ以上耳目を集めたいと考えてはおるまい」

「さようでございます」

若い藩士が元気になった。

「浅生たちのことは気にするな。あの者たちはしくじったのだ。同情してはならぬ。失敗しただけでなく、我らのことを話してしまうていどの肚無《はらな》しだったのだ。おぬしは違うであろう」

「もちろんでございまする。この西木田《にしきだ》、たとえどのような責め苦を受けましょうとも、主計さま始め、ご一同のお名前を口にするようなまねはいたしませぬ」

若い藩士が胸を張った。

「おうおう、頼もしいかぎりよな。それでこそ、真の武士《もののふ》」

主計が西木田と名乗った若い藩士を褒《ほ》めた。

「次は、是非わたくしに」

西木田が名乗りをあげた。

「ありがたいことを言うてくれる。だが、今はまだ早い。昨日の今日では、本多も緊張しておろう。しばらくおいて、向こうが油断したところに、鉄槌《てっつい》を喰らわせてやろうではないか」

主計が集まっていた一同を見回した。

「そうだ。そうだ」

「前田の譜代でもないくせに、五万石などという高禄をいただき、そのうえ、幕府と繋がっているなど論外である。義は我らにあり」

主計が、天に向かって手を突き上げた。

「皆、近藤さまと一心でござる」

無惨な浅生の死が主計の檄で吹き飛んだ。

「……おろかな」

その様子を本多家軒猿頭《のきざるがしら》兵部が、屋敷の屋根から見下ろしていた。

「死体を放りこんでいった者を捜《さが》そうともしないのだから、このていどなのか」

兵部があきれた。

「本多に戦いを挑むには、百年早い」

気勢をあげている連中の顔を記憶して、兵部が消えた。

三

禁足を命じられていた数馬は、五木に連れられて久しぶりに屋敷を出た。

「吉原へ行く」

「どなたさまかのご接待でございましょうや」

目的地を告げられた数馬は問うた。

「いいや、今宵《こよい》はそなた一人だ」

「それは」

数馬は首をかしげた。

「儂は、夕刻より別件が入っておる」

「わたくし一人でなにを」

不安な顔で数馬は訊いた。

「黙って付いてこい」

五木がそれ以上言わなかった。

本郷から吉原は遠いというほどでもないが、近くもない。半刻ほど歩いて、二人は大門《おおもん》を潜《くぐ》った。

吉原は昼遊びをする武家で賑《にぎ》わっていた。忘八に手を引かれて見世へ連れこまれていく者、馴染みの見世の暖簾《のれん》を手ではねのけて入っていく者、金がないのか、着飾った遊女たちを眺めるだけで、いっこうに見世へ揚がろうとしない者が入り交じって、吉原を貫く仲之町《なかのちょう》通りは人の行き交いが激しい。

「瀬能、編み笠を被《かぶ》っておる者がおろう」

仲之町通りを歩きながら、五木がささやいた。

「はい。数人おるようでございまする」

数馬は目で数えた。

「別段怪しい者ではない。吉原で馬鹿をする者はおらぬ。ここは江戸における別天地じゃ。町方も目付も手出しできぬ。しかし、吉原でことを起こす者は容赦《ようしゃ》なく排除される。吉原の男衆《おとこし》は侮《あなど》れぬ」

「それほどに……」

「妓と見世を守らねばならぬであろう。刀を抜いて暴れる武家くらい、あっさりと押さえ込めねば、遊郭などの悪所は保つまいが。ここには、男を狂わせる女と酒があるのだぞ」

五木が述べた。

「なるほど」

「で、編み笠で顔を隠している者だがの」

うなずいた数馬に、五木が話を戻した。

「あれは顔を見られては困るから、編み笠を被っている。御上役人、各藩の重職、下手をすると大名方もいる」

「大名方も……」

数馬は驚いた。大名が一人で吉原をうろつくとは思ってもいなかった。

「ああ、もちろん、一人ではないぞ。さすがにな。かならず陰供が数人ついている。当たり前だ。もし、吉原で町人と喧嘩《けんか》にでもなれば、大事だからな」

五木が続けた。

「大門のうちは身分がない。大名も、そこらの職人も吉原の客で同格になる。国元のように平伏してくれる者などおらぬ。が、人から頭を下げられることに慣れた者は、それを理解していないことが多い。ゆえに、面倒が起こりやすい」

「編み笠には近づくなと」

数馬は口にした。

「それもある。そしてもう一つ」

五木が数馬を見た。

「編み笠のうちには留守居役がおると思え」

「……留守居役がでございますか」

数馬が確認した。

「そうだ」

五木がもう一度周りに目を走らせた。

「なぜ編み笠を」

「簡単だ。編み笠のなかから、顔見知りの留守居役らを探しておるのだ」

「…………」

わからないと数馬は首をかしげた。

「編み笠を被っている留守居役は、今日、どこからも宴席に誘われていない」

五木が説明を始めた。

「そこで、今日は非番じゃと屋敷で寝ているようでは、留守居役としては遣《つか》いものにならぬ。宴席に誘われていない日こそ、いろいろなことを知るときである」

「わかりませぬ」

ついていけないと数馬は首を横に振った。

「無理もない。こればかりは先達から教わるしかないからな」

五木は叱らなかった。

「宴席に誘われていない。では、宴席はおこなわれていないのか。本当に、その日はどことも宴席がないのかも知れぬ。だが、それよりも己が宴席に誘われていないと考えてみろ」

「省かれた……その者がいてはつごうの悪い宴席が開催されている」

数馬が気づいた。

「そうじゃ。たとえば、お手伝い普請《ふしん》、あるいは国替えなど、大名にとって痛手になる御上の命《めい》は多い。それをどこかに押しつけるのも留守居役の仕事だ。お手伝い普請だと、作事《さくじ》奉行さまをご接待申しあげるのが、もっとも効果がでる」

「なるほど。ああやってどこを見ているかわからない編み笠の下から、作事奉行さまや留守居役を探し、もしおられたらどこの見世へ行かれるかを見きわめ、誰と会っているかを確かめる。もし、会っている相手が同格組の留守居役であったなら……」

一度、数馬が一拍おいた。

「お手伝い普請がおこなわれ、その相手として狙われている」

「狙われているというより、押しつけられようとしているだがな」

数馬の言いかたを五木が変えた。

「もしそうならば……」

「急いで、作事奉行さまを抑えられるお方に繋ぎをつけるなどの対応をせねばならぬ」

五木が述べた。

「危機を見過ごさぬためにも、留守居役は働かねばならぬと」

「うむ。見ろ、あの角に立っている編み笠を」

ちらと五木が目だけを向けた。

「足を動かさず、女のほうではなく、仲之町通りを行く者を見ておろう」

「はい」

数馬も確認した。

「見ておれ、きっと我らの後をつけてくるぞ」

言った五木が右へと曲がった。

「三浦屋はまっすぐの道では……」

数馬は五木に注意を促した。

「今日は、こちらなのじゃ」

五木が数馬を促した。

「はあ」

先達の言葉は絶対である。数馬はそれ以上なにも言わず、黙って従った。

「ここだ」

「……西田屋でございますか」

暖簾に染め抜かれた文字を数馬は読んだ。

「そうだ。なかへ入るぞ」

五木が暖簾を手でかきわけた。

「ようこそのお出でで」

「邪魔をする。加賀前田家の五木と申す。すでに連絡はいっていると思う」

近づいてきた忘八に五木が告げた。

「伺《うかが》っておりやす。どうぞ」

忘八が一礼した。

「その前に、瀬能。外に目を向けてみよ。さりげなくだぞ」

「……あっ」

五木の指示に、ちらと首を後に曲げた数馬は、先ほどの編み笠が西田屋の前に移動してきているのを見た。

「わかったであろう。まあ、見ておれ。あやつはこの後、誰がここに来るかを必死に見張るぞ」

楽しそうに五木が告げた。

「旦那《だんな》」

土間で立ち止まっている二人に忘八が声をかけた。

「すまんだな。これを」

詫《わ》びた五木が両刀を腰から外し、忘八に渡した。

「瀬能、おぬしもだ」

「はっ」

数馬も両刀を手放した。

吉原では、見世にあがるとき両刀を預ける。これは吉原の初期、女を巡っての刃傷《にんじよう》沙汰《ざた》が続いたため、見世が安全のためにと設けた決まりであった。

「こちらへ」

忘八は二階の座敷ではなく、奥へと歩き出した。

「こちらでお待ちを。今すぐ、きみがててが参りまする」

奥を過ぎ、庭に作られた茶室に、忘八は二人を案内した。

「見事だの」

五木が茶室の飾りに感心した。

「はい」

数馬も同意した。

加賀の前田家は初代藩主前田利家が好んだこともあり、茶道が隆盛であった。留守居役は酒を呑むだけではなく、茶の席や歌会に誘われることも多い。五木も茶の湯の心得を持っていた。

「わかるか」

五木が意外そうな顔をした。

「母が茶をたしなんでおりまして」

数馬は答えた。福井越前家から嫁に来た母は、茶の湯が好きで、よく家で点《た》てていた。その影響を数馬の父も受けた。とくに父など茶の湯を心ゆくまで楽しみたいとの理由で家督を譲り、さっさと隠居するほどはまってしまった。

「けっこうだ」

満足そうに五木がうなずいた。

「お待たせをいたしました」

にじり口が開き、西田屋甚右衛門が茶室に入ってきた。

「ご無沙汰《ぶさた》をいたしております」

西田屋甚右衛門が、五木に挨拶《あいさつ》をした。

「いつぞやは、世話になった」

五木も応じた。留守居役は、宴席に招かれる関係上、吉原で名の知れた見世の主《あるじ》のほとんどと面識があった。

「そちらさまは」

西田屋甚右衛門が数馬へと顔を向けた。

「同役の瀬能数馬だ」

「瀬能数馬でござる」

五木の紹介を受けて、数馬は名乗った。

「加賀さまのお留守居役さまでございましたか。お若くて、お見それをいたしました。わたくしが西田屋の主、甚右衛門でございまする。どうぞ、お見知りおきを」

ていねいに西田屋甚右衛門が腰を折った。

「まずは一服」

茶室にいながら、いきなり用件を話し始めるというのは、あまりに風情に欠ける。

「いただこう」

「ありがたく」

風炉《ふろ》に向かった西田屋甚右衛門に、五木と数馬は軽く頭を下げた。

「……どうぞ」

西田屋甚右衛門が茶を点てた。

「……結構なお点前でござる」

五木がきれいな姿勢で喫した。

「瀬能さま」

続けて数馬の前に、西田屋甚右衛門が茶碗を置いた。

「ちょうだいいたす」

腰から上をまっすぐ伸ばしたまま、数馬は礼をし、作法通りの形で茶碗を干した。

「おやりになられる」

「ほう」

西田屋甚右衛門と五木が感心した。

「母のまねでございまする」

恐縮しながら、数馬は手にしていた茶碗を見た。

「これは……」

「お目に留まりましたか」

目を大きくした数馬に、西田屋甚右衛門が満足そうにほほえんだ。

「よき品と拝察つかまつりました。あいにく浅学で、銘まではわかりませぬが」

数馬が応じた。

「井戸茶碗でございまする。いささか肌が青みを帯びておりますゆえ、柴田《しばた》井戸の系統ではないかと」

西田屋甚右衛門が語った。

「柴田井戸といえば、かの織田信長の武将柴田勝家《かついえ》どのが所持していた天下の名物」

五木が息を呑んだ。

「さすがに柴田井戸ではございませぬ。一度本物は、某家で拝見いたしました。その後、これを見つけまして。いささか無理をして手に入れました次第で」

自慢するように西田屋甚右衛門が言った。

「いや、馳走《ちそう》でございました」

「眼福させていただいた」

数馬と五木が感謝した。

「では、ご用件を伺わせていただきましょう」

己用の茶を点てず、西田屋甚右衛門が促した。

「この者のことをお願いしたい」

五木が数馬に手を向けた。

「はて、加賀さまは三浦屋さんのお馴染みではございませんでしたか」

西田屋甚右衛門が首をかしげた。

「そうなのだがな。三浦屋だけでは手が足りぬ状態になっての」

「前田さまのご継室のお話でございますな」

さすがは吉原の惣名主と言われる西田屋甚右衛門である。しっかりと加賀前田家の事情を把握していた。

「そうじゃ。そこでの、もう一つ馴染みというか宴席を仕切ってくれる見世を探しておったのだが、そこへ先日我が藩の六郷がの」

「お見えいただきましてございまする」

西田屋甚右衛門が首肯《しゅこう》した。

「瀬能はの、最近江戸詰《づめ》になったばかりでな。まだ吉原に馴染みを持っておらぬ」

五木の確認に、西田屋甚右衛門が数馬を見た。

「こちらの瀬能さまを」

「頼めるか」

「そういうことでございましたら、お引き受けいたしましょう。三浦屋さんのお馴染みさまを取ったとあれば、さすがに惣名主をしてはおられませぬので」

吉原のしきたりは厳しい。客でさえ大門出入り禁止になるのだ。もし、遊女屋の主が、他所《よそ》の客に手出しをしたとなれば、大事になる。

「助かった」

五木が感謝した。

「では、後は任せる。儂は他の宴席がある」

用は終わったと五木が腰を上げた。

「しばし、こちらで」

数馬に一言告げて、西田屋甚右衛門が五木の見送りに立った。

「お帰りになられました」

少しして西田屋甚右衛門が戻ってきた。

「一つ、ご伝言がございまする」

「五木どのから、拙者に」

言い残したことでもあるのかと、数馬は首をかしげた。

「まだ外にいると」

「……かたじけのうござる」

数馬はすぐに五木の意図を察し、伝言を引き受けてくれた西田屋甚右衛門に礼を述べた。

「あらためまして、西田屋甚右衛門でございまする。どうぞ、これからのご贔屓をお願いいたしまする」

「こちらこそ、なにかと世話になると思う」

二人が頭を下げあった。

「では、こちらへ」

西田屋甚右衛門が、茶室を出ようと言った。

「ああ」

任せると言ったかぎりは、素直に付いていくだけである。数馬は、西田屋甚右衛門の後に続いた。

「こちらで」

奥から見世へと戻った西田屋甚右衛門が、二階への階段を上がった。二階にはいくつかの座敷と、小部屋が並んでいた。

「若水さん、よろしいかな」

突きあたりから数えて二つ目の小部屋に、西田屋甚右衛門が声をかけた。

「きみがてさんでありんすかえ。どうぞ」

なかから女の声で許可が出た。

「ごめんなさいよ」

西田屋甚右衛門が襖《ふすま》を開けた。

「瀬能さま、どうぞ」

「……失礼する」

勧められて、数馬もなかに入った。

「きみがてさま」

若水が数馬を見て、誰かと西田屋甚右衛門に問うた。

「加賀前田さまのお留守居役瀬能さまだ」

「前田さまの……わちきは若水と申すでありんす」

少し驚いた風の若水が、科《しな》を作った。

「瀬能数馬である。よしなに」

数馬も応じた。

「きみがててさま、加賀さまと言われると、先日の六郷さまの」

「そうだ」

念を押した若水に、西田屋甚右衛門がうなずいた。

「じつはね、加賀さまからこの西田屋が宴席を預かることになってね」

「それはおめでたいことでありんすなあ」

百万石の宴席は派手になる。

「昨年、三浦屋さんでおこなわれた紅葉狩りは、いまだ吉原の語りぐさだからね」

西田屋甚右衛門も喜んでいた。

数馬を前田の弱点と見抜いた島津や熊本の細川《ほそかわ》たちが、紅葉狩りを遣って罠《わな》をしかけてきた。

数馬に紅葉狩りの宴席を差配させ、無理難題を押しつけて失策を誘い、それを貸しにして、幕府から出されるお手伝い普請を前田に押しつけようとした。それを、六郷と五木の機転で逃れた。それが三浦屋での紅葉狩りであった。

本来紅葉狩りは、名刹《めいさつ》の本堂濡れ縁や江戸近郊の農村、品川付近の小山などへ、野点《のだて》のような宴席を設け、そこで酒食の饗応《きようおう》をし、そのあと遊郭へ繰り出す。しかし、六郷たちは、そんなありふれたものではなく、まったく新たな趣向をもって薩摩藩島津家の留守居役たちの度肝《どぎも》を抜いた。

三浦屋での紅葉狩りとは、揚屋《あげや》に三浦屋の遊女を総揚げにして、その遊女に紅葉を染め抜いた湯文字《ゆもじ》を付けさせ、それをめくって楽しませるという下卑《げび》たものであった。

三浦屋の高尾《たかお》太夫を始め、太夫、格子《こうし》女郎のすべてを借り切るという豪勢な遊びは、その準備に数ヵ月を要したが、島津や細川の留守居役たちの度肝を抜き、数馬が紅葉狩りに参加しないということさえ吹き飛んでしまった。

そのとき、加賀藩前田家が支払った代金は千両に届かなかったが、相当な金額であった。

「で、わちきはなにを」

若水が問うた。

「瀬能さまに吉原をお教えしておくれな」

「お馴染みをお持ちではありんせんのかえ」

西田屋甚右衛門の言葉に、若水が問うた。

「先日、お国もとから出てこられたばかりだそうで、吉原に馴染みはおられないそうだ」

「お初さまでありんすか」

若水が手を打った。

「なら、わちきより姉さんがよろしゅうござんしょう」

「姉さん……ああ、稲穂《いなほ》さんか」

すぐに西田屋甚右衛門が思い出した。

「それにわちきは、先日、こちらの……」

若水が最後を濁した。

「ああ。そうだったね」

西田屋甚右衛門がうなずいた。

若水は先日六郷と床を共にしている。さすがに同藩の上司が抱いた妓とわかっていて馴染みにするのは、気が悪いだろうと若水が気遣った。

「稲穂さんならいいね。この間加賀さまの宴席を持った若水さんなら、ご縁続きだと思ったけれど、そうだね。助かりましたよ」

西田屋甚右衛門が納得した。

「瀬能さま」

「なにか」

二人で話をし、蚊帳《かや》の外になっていた数馬は、西田屋甚右衛門に身体《からだ》を向けた。

「今申しました稲穂という格子が、瀬能さまにはお似合いだと思いまする」

「さようか。まあ、会って見ぬことには、なんとも答えられぬが」

顔を見もしない妓を勧められても、数馬はうなずけなかった。

「当然でございまする。ただちにお目もじをとお願いいたしたいところではございますが、あいにく稲穂は、本日障りで休んでおりまする」

遊女といえども女である。毎月、身体には障りが出る。いかに女の地獄といわれる遊郭でも、月のものの最中に初見の客をあてるまねはしなかった。

「いかがでございましょう。せっかく来ていただいておきながら、顔見せもなくお戻り願うのは、遊郭として断腸の思いでございますが……」

西田屋甚右衛門が手をついた。

「今日のところは、このままお戻り願い、あらためて後日、こちらからお招きをさせていただくというわけには参りませんでしょうか」

「西田屋どのには、拙者《せつしゃ》の身をお預けしている」

かまわないと数馬は了承した。

「これも吉原のしきたりで、一度でも閨《ねや》を共にしてしまうと、女替えが難しくなりますので」

「承知している」

数馬は気にしていないと手を振った。

「では、失礼しよう」

これ以上西田屋にいてもすることはない。数馬は腰をあげた。

「いえいえ。それでは、西田屋の顔が立ちません。よろしければ、吉原のご案内をさせていただきたく」

西田屋甚右衛門が申し出た。

「吉原の案内とは」

「すべての見世とは参りませんが、名の知れた見世をご紹介し、揚屋などでどのようなことをし、どうすればよいのかなどをお話させてもらえればと」

「それはありがたいな」

吉原は留守居役の戦場である。地を知り、人を知れば、戦いは有利に進められる。

通常留守居役は、江戸詰めから選ばれる。江戸詰めは、吉原と馴染みやすい。留守居役になる前に、ほとんどの者が吉原を経験していた。

だが、数馬は違った。祖父は江戸の旗本だが、数馬は金沢で生まれ育った。江戸はまだ数ヵ月といったところで、まったく異境の地であった。

また、留守居役となってから、色々ありすぎて吉原に足を運ぶ余裕などなかった。吉原に来たことがないわけではないが、なかがどうなっているのか、しきたりの詳細がどうなのか、全然わかっていなかった。

「では、こちらへ」

見世を出た西田屋甚右衛門が、仲之町通りへと向かった。

四

「この通りが吉原の中心を貫く、いわば背骨のようなものでございまする」

「大門から向こうの端まで続いている。あちらにも出入り口はあるのか」

説明する西田屋甚右衛門に数馬は問うた。

「いいえ。突き当たりは壁でございまする。吉原の出入り口は、大門ただ一ヵ所」

西田屋甚右衛門が答えた。

「歩きながらお話を」

「ああ」

西田屋甚右衛門の提案に、数馬は首肯した。

「吉原は江戸町《えどちよう》、京町《きようまち》、揚屋町《あげやまち》などに分かれておりまする。大門から遊女屋が並ぶところを江戸町、その続きに揚屋町、その奥が京や駿河《するが》などを出自にもつ見世がある京町」

「ずいぶんと大仰《おおぎよう》な名前だな」

江戸も京も天下の都である。それを町の名前に使っていることに数馬は感心した。

「吉原ができたときに、そう名付けられたと聞いておりますが、由来までは伝わっておりません。ただ、江戸にある見世から揚屋へと遊女が移動します。これを道中と称しておりますので、ひょっとすれば、そのために名前をこうしたのかも知れません」

「道中……太夫道中のことだな」

さすがに数馬も知っていた。

江戸の名物といえば、江戸城へ登る大名行列がまずあげられる。

地方から江戸へ出てきた者が、まず最初に見に行くとされ、朝の登城時には、大手門前に見物客が鈴なりになる。国元でも領主たる大名の行列を見ることはできるが、老中や若年寄など幕府を支える大名たちが一目で誰かわかるように槍《やり》や駕籠《かご》、供侍《ともざむらい》たちに施した工夫を楽しめるのは江戸ならではの風景であった。

この次の名物が、吉原の太夫道中であった。太夫とは、吉原を代表する遊女である。美しいことはもちろん、大名や文人の相手をするために詩歌、茶道、書などの芸事にも優れている。それだけに一夜の揚げ代が高く、太夫の代金、揚屋の支払い、太夫に付いてくる妹女郎や禿《かむろ》、男衆などへの祝儀で安くとも十両はかかった。一両あれば米一石が買える。十両ともなれば、庶民にはまず支払えない大金であった。

それだけの大金を出してでも呼びたい太夫を一目見ようと、遊客が見世や揚屋に押し寄せる。生涯買えないとわかっている遊女を見るだけでもと思うのは、男の本能である。また、太夫を買った客にしてみれば、これだけの女を侍らせることができるのだぞと誇示したい。この両者の思いと、太夫の美しさを見せつけて評判を取りたい見世側の意向もあって、太夫道中は成立した。

江戸町から京町まで、太夫がゆっくり移動することから東海道の旅に見立てて、道中というようになった。

「高尾太夫だ」

「道中だぞ」

遊客たちが駆けだしていった。

「ちょうど道中が始まったようでございまする。せっかくなので、ご覧いただきましょう。こちらへ」

西田屋甚右衛門が数馬を誘った。

「こんなところで邪魔にならないのか」

仲之町通りに面している見世近くではなく、中央からわずかにさがったところで立ち止まった西田屋甚右衛門に、数馬が驚いた。

「このあたりにおりませんと人だかりで、前が見えなくなりまする」

西田屋甚右衛門が理由を述べた。

「下がってくれ、下がってくれ。高尾太夫が道中だ。道を空けてくれ」

三浦屋の屋号を染め抜いた黒法被《はっぴ》を身につけた忘八が、少しでも近くで吉原最高の遊女を見ようと仲之町通りに乗りだしてくる遊客を制していた。

「もうちょっと下がって……これはきみがてて」

西田屋甚右衛門も押し戻そうとした忘八が、気づいた。

「悪いね。ちょっとお客さまをご案内していてね。太夫道中をお見せしたいのだけど」

「わかりやした。どうぞ」

吉原創設以来の西田屋の主に求められては、忘八も拒めなかった。

「さ、瀬能さま、こちらへ」

許可を取った西田屋甚右衛門が、場を数馬と交代した。

「これは、最前列ではないか」

武家として町人たちと一緒に遊女を見物するというのはどうにも落ち着かない。

「大門内は世の理《ことわり》の外。身分はございませぬ。吉原は楽しむためにあるのでございますよ。周りの目なんぞ気になさらず」

困惑している数馬に、西田屋甚右衛門が笑いかけた。

「しかし……」

数馬は納得できなかった。

金沢にも遊郭はあったが、武家と庶民できっちりと区別されていた。武家が遊びに行く遊郭と庶民が楽しむ遊郭は別であった。また、武家が使用する遊郭でも、身分によって揚がれる見世が違っていた。金沢では、遊びにも身分があった。

「郷に入っては郷にしたがえでございまする」

無意識に下がろうとしている数馬を、西田屋甚右衛門が止めた。

「ほら、参りましたよ」

西田屋甚右衛門が大門のほうを顔で示した。

「えっ……」

つられて数馬も左を見た。

多くの遊客が両側にひしめくなか、真っ赤な長柄《ながえ》の傘《かさ》が近づいてきていた。

「えええええええい」

先頭を歩きながら、禿と呼ばれる十歳前後の遊女見習いが声を張りあげていた。

「……近づいてこないぞ」

しばらく待っても禿は声をあげるだけで、ほとんど進んでいなかった。

「道中はあの拍子で進みますので」

西田屋甚右衛門が苦笑した。

「なぜだ」

動かない行列など、通行の邪魔でしかない。数馬は首をかしげた。

「太夫の足運びの都合でございまして。こればかりは口で語っても語りきれませぬ。是非とも瀬能さまのお目でご確認いただきますよう」

うまく言えないと西田屋甚右衛門が小さく首を左右に振った。

「わかった。おぬしがそこまで言うならば、待とう」

数馬は肚を据《す》えて待った。

「ようやく見えてきたな」

かなりの手間を喰って、ようやく先頭の禿が数馬の正面に来た。

「禿の次が、太夫の使うたばこ盆や煙管《キセル》などを持つ妹女郎でございまする」

後から西田屋甚右衛門が解説してくれる。

「次が太夫、その後が傘かけの忘八、続いて今夜の閨になる太夫の夜具を持つ忘八でございまする」

「なるほど」

武家も宿直《とのい》のときは、己の夜具を持ちこむ。すんなりと数馬は受け入れた。

「ええええええい」

またもや禿が声を張りあげた。

「高尾太夫の左足をご注目ください」

西田屋甚右衛門が勧めた。

「……うっ」

従った数馬は、目を疑った。

禿の声に合わせて高尾太夫が、左足をほとんど真横に蹴り出し、大きく弧を描いて前へと踏み出した。

そんなまねをすれば、裾《すそ》が大きく割れ、高尾太夫の臑《すね》はもちろん、真っ白な太もも付近まで見える。もちろん、そこまで見えるのは一瞬で、高下駄《たかげた》を履《は》いた足が地に着くなり、裾が閉じる。

「おおおおう」

「値千両の白さだあ」

群衆が興奮した。

「ご覧になられましたか」

「あ、ああ」

確かめる西田屋甚右衛門に、数馬はうろたえた。

武家でなくとも、女は足を見せなかった。素足など論外、くるぶしが外から見えただけではしたないと批難される。

その女が、夫以外の男に太ももまで見せつける。生まれて初めて見た白い肌に、まだ数馬はうろたえていた。

「えええええええい」

ふたたび禿が叫んだ。同じように太夫が右足を振りだした。

「見えた」

「前の奴、屈《かが》め。見えねえぞ」

またもや群衆がざわついた。

「……西田屋どの」

「なんでございましょう」

数馬の問いかけに、西田屋甚右衛門が応じた。

「あの調子で進むのか」

「さようでございまする」

西田屋甚右衛門がうなずいた。

「片足を出すのに、煙草を一服吸い付けるだけの間があるぞ。あれでは、どれほどかかるのだ」

「道中は普段顔を見ることさえできない太夫のお披露目も兼ねておりまする。揚屋の位置にもよりますが、およそ小半刻《こはんとき》（約三十分）ほどでございましょうか」

「小半刻……あの会所前から揚屋町まで、どう見ても二町（約二百二十メートル）ほどしかないぞ」

数馬はあきれた。

「これも吉原でございまする」

その一言で西田屋甚右衛門は数馬の疑問を片付けた。

「では、こちらへ」

太夫が前を過ぎれば、群衆は散っていく。後からでは、どれだけ裾が開こうとも、足首さえ見えないのだ。

「わかった」

まだ残っている遊客の間を縫っていく西田屋甚右衛門の後を数馬は付いていった。

「……おいっ」

人混みに紛《まぎ》れて西田屋甚右衛門の懐《ふところ》へ手を伸ばした男を数馬は捕まえた。

「くっ」

男が腕をきめられてうめいた。

「これはありがとうございまする」

気づいた西田屋甚右衛門が数馬に礼を述べた。

「掏摸《すり》が出るのだな」

「人が寄るところには、どうしてもこういった輩《やから》が出まして……恥ずかしい話でございますが」

「離せ、離しやがれ」

掏摸が暴れた。

「まだ盗っていねえぞ。濡れ衣だ。吉原は客を泥棒扱いするのか」

「黙っていなさい」

わめく掏摸に西田屋甚右衛門が冷たく言った。

「きみがてて」

すっと忘八が近づいてきた。

「三浦屋のお方。太夫行列はしっかり見張っていなさいと四郎右衛門《しろうえもん》さんから言われているはずだよ」

西田屋甚右衛門が三浦屋の主の名前を出して、忘八に苦言を呈した。

「お恥ずかしいことでございまする」

忘八がすなおに詫びた。

「お客さまに不愉快な思いをさせては、吉原の名折れだからね。この掏摸がわたくしを狙ってよかった。二度とこのようなまねをさせないようにしなさい」

「心しておきまする」

深々と一礼した忘八が、数馬から掏摸を受け取った。

「このやろう、離せよ。忘八風情がなにをしやがる」

掏摸が抵抗した。

「やかましい。騒いで顔を周りに覚えられたいのか」

忘八が掏摸をどやしつけた。

「うっ……」

顔を知られた掏摸は仕事がしにくくなる。近づいただけで警戒されることになる。

掏摸が大人《おとな》しくなった。

「……どうなるのだ、あいつは」

引き立てられていく掏摸を目で追いながら、数馬は尋ねた。

「ご存じの通り、吉原は世間でございませぬ。吉原には吉原の決まりがございまする」

「らしいな」

吉原では武家の身分も百万石の権威も通じないと、数馬は六郷や五木からうるさく聞かされていた。

「殺しはいたしませぬが、二度と掏摸ができぬよう、利き手の人差し指と中指の筋を切ってから大門外へ放り出しまする」

「指の筋をか……御上でもない吉原が……」

数馬は私刑をくだすという西田屋甚右衛門に数馬は驚いた。

「大門外だと十両こえた場合は死罪でございまする」

言いながら西田屋甚右衛門が懐から紙入れを取り出し、中身を見せた。

「十五両入っておりまする」

「外ならば死罪……」

「はい。吉原だからこそ、指二本ですんだのでございまする」

やさしいと西田屋甚右衛門が告げた。

「もちろん、しっかり人相書きを取り、二度と大門を潜らせはしません。もし、今度大門内で見つけたときは……」

最後まで言わなかったが、そうなったときの掏摸が無事ではないとわからせるだけの迫力を西田屋甚右衛門がまとった。

「これも善良なお客さまをお守りするため。遊女とお客さまのお陰で、わたくしどもは生きさせていただいております」

「ふむう」

数馬は吉原の心意気を感じた。

「さて、ここからが揚屋の並ぶ揚屋町でございまする」

西田屋甚右衛門が告げた。

「ここに入ってみましょうか」

「よいのか、忙しい刻限であろう」

数馬が気遣った。

「大事ございませんよ。揚屋を使うほどのお客さまは、もう少し遅くなりますので」

「五木どのらは……」

先ほど別れた五木がいるはずだと数馬は問うた。

「揚屋が違いまする。留守居役の皆様がお使いになる揚屋は、もう少し奥で。こちらに並ぶ揚屋は商人の方々がよくご利用くださるところでございまする」

「商人たちが……」

「はい。店が終わってからでないと商家の皆様はお出《い》でになりません。早くとも暮れ六つ（午後六時ごろ）を過ぎないと」

教えながら、西田屋甚右衛門が揚屋の暖簾を潜った。

「御免なさいよ」

「へい……これはきみがてて」

揚屋の男衆が西田屋甚右衛門に気づいた。

「ちょっとお邪魔をするね。お客さまに揚屋の説明をさせていただきたいのでね」

「どうぞ。二階の座敷もまだ空いておりやす。ご覧になりやすか」

男衆が西田屋甚右衛門の求めに応じた。

「助かるよ」

西田屋甚右衛門がうなずいた。

「参りましょう」

先に立って西田屋甚右衛門が階段をあがった。

「……西田屋どの。一つ訊かせてもらっても」

数馬が話しかけた。

「なんでございましょう」

「先ほどから、西田屋どののことをきみがててと呼んでいるようだが、どういう意味なのか」

疑問に思っていたことを、数馬が尋ねた。

「お耳に馴《な》れませんでしたか。きみがててとは、君、すなわち遊女たちのてて、父という意味でございまする。吉原惣名主《そうなぬし》の別称で」

「吉原惣名主とは」

新たな疑問に数馬は質問を続けた。

「これは吉原を創設したわたくしども西田屋の先祖、庄司甚右衛門《しょうじじんえもん》が吉原を代表する惣名主という役目をいたしておりましたので、そのまま世襲した名乗りでございまする。一応、吉原に御上から呼び出しがございましたときは、惣名主あてとなりますので、おこがましいことではございますが、吉原をまとめあげる役目とお考えくださいませ」

「大役でござるな」

答えに数馬は感心した。

「重責に毎日震えておりまする。わたくしどもの妓が粗相《そそう》しただけで、万両をこえる取引が潰れ、お大名方の仲が悪くなる。そう考えると……」

西田屋甚右衛門が、大きく嘆息した。

「すまぬの」

その重責の一つに、己がなる。数馬は頭を下げた。

「いえいえ。これが吉原の商い。お武家さまがお役目にお命をお懸けになるのと同じでございまする。いや、これは口はばったいことを申しました。お許しをくださいませ」

西田屋甚右衛門が詫びた。

「ここが揚屋の座敷でございまする。座敷にも格がございまして、この階段口から近いところが末席、奥に向かうほど上席になりまする」

「ふむう」

「揚屋にも格がございまする。この信濃屋さんは、お武家さまにとっては格下。この三軒向こうの京屋さんが最上格。どこの揚屋に招くかで、どのくらい大事にしている宴席かを匂《にお》わせ、次に揚屋の座敷で見せつける。揚屋の格が中でも座敷が奥ならば、上級に準ずるとの意味をなし、京屋を使っても座敷が階段脇ならば、上辺《うわべ》だけのつきあいでいいと相手に伝える」

「そんな意図が……難しい」

数馬は頭を抱えた。

「ご安心を。どのような結果を求めているかをあらかじめお教えくだされば、こちらですべて差配をいたしまする」

ちゃんと手配りをすると西田屋甚右衛門が告げた。

「助かる」

ほっと数馬は安堵《あんど》の息を吐いた。

「瀬能さま」

西田屋甚右衛門が声をひそめて、数馬を手招きした。

「なんだ」

小声で応じた数馬は、西田屋甚右衛門の側《そば》へ寄った。

「ご覧を」

西田屋甚右衛門が二階の窓から仲之町通りを見ろと言った。

「……あれは」

数馬は、編み笠を見つけた。

「どうやら瀬能さまの後を付けてきたようでございますね」

西田屋甚右衛門が述べた。

「よく気づいたの」

数馬は驚いた。西田屋甚右衛門に編み笠の話をした覚えはなかった。

「五木さまからご伝言を預かりました。あれで気づかぬようでは、きみがててなど務まりませぬ」

なんでもないことだと西田屋甚右衛門が言った。

「捕まえて、どこの藩の者か訊き出してくれる」

後を付けられるというのは気持ちのいいものではない。数馬は階段へと足を向けた。

「お止《や》めなさいませ」

西田屋甚右衛門が数馬の前に立ちふさがった。

「しかしだな」

「留守居役は、いろいろと相手を探るのがお役目と伺っておりまする」

「ああ。だから、あの者のしていることは正しいと」

数馬は不満げな顔をした。

「はい」

西田屋甚右衛門が肯定した。

「…………」

「ただし、あれを利用してはならないという決まりはございませぬ」

黙った数馬に、西田屋甚右衛門が口にした。

「利用……」

「さようでございまする。おそらくあのお方は、瀬能さまがどなたと会うかを確かめたいはず」

「そのように五木どのも言われていた」

数馬は認めた。

「ならば無駄足をさせてやりましょう」

「どうするのだ」

発案した西田屋甚右衛門に、数馬は問うた。

「先ほども申しましたように、この信濃屋は日本橋や浅草門前町などの大店《おおだな》が使いまする。もう少しすれば、江戸でも名の知れた豪商の方々が、ここへ来られましょう」

西田屋甚右衛門が話し始めた。

「ふむ。拙者とそれら名のある商人たちが、会合をしているように見せかける」

すぐに数馬は悟った。

「しかし、朝までここにはおられぬぞ。屋敷に泊まりの届けを出しておらぬ」

無断外泊は重罪である。数馬は首を左右に振った。

「遊女屋にも揚屋にも、出入りを見られたくないというお方のため、他人目《ひとめ》に付かない裏口がございまする。瀬能さまは、そこからお帰りなされば」

西田屋甚右衛門が手立てはあると話した。

「……ふむ。拙者がこの揚屋から出るのを確認せぬ限り、あの者はずっと見張っていることになる」

「朝まで無駄足をして、じっと待つか。信濃屋に来た商人の顔を覚えて帰り、なんのための会合か思案させるもよしということで」

「名だたる商家と加賀藩前田家の留守居役……」

数馬は腕を組んだ。

「借財の申し込みととられるか、ご継室さまを迎えるための用意の品を求めるためのものとお読みになるか。それはあちらさまの勝手」

西田屋甚右衛門が数馬の顔を見た。

「裏口へ案内してもらおう」

数馬は、西田屋甚右衛門の助言を受け入れた。

第四章　女の鎧《よろい》

一

参勤交代はどの大名も春ごろと決まっている。北国で雪のためなどでもなければ、ほとんど三月末から四月中頃までに江戸を出た。

かといってすべての大名が国元に帰ってしまうと、江戸が空いてしまう。参勤交代は二交代となっており、国元へ去る大名がいれば、江戸へ出てくる大名もいる。

それらが同じ時期に街道を通る。当然、宿場町などは混雑し、宿の奪い合いになった。

とはいえ、大名同士のもめ事は、幕府の介入を招く。それこそ喧嘩《けんか》両成敗で、ともに痛い目を見かねない。そこであるていどの譲り合いがおこなわれた。

「当家は何月何日に何々の宿を使う」

「では、当家は前日で」

こうやって本陣や脇本陣の予定を押さえていく。

「問屋場人足を何人使いたい」

「何々宿に詰《つ》めている人足のほとんどではないか。それをされては当家が困る。せめて何人残してもらわぬと」

旅に人手はつきものである。国元、あるいは江戸表《おもて》から人足を連れて歩けば、問屋場に頼らずともよいが、行列の人数が増えれば、それだけ経費がかかった。宿泊費、食費を始めとして、傷んだ草鞋《わらじ》の替えもいる。問屋場ごとに人足を雇うほうが、安くついた。

これらの交渉をなすのも江戸留守居役の仕事であった。

「五木どの、御家は、いつ江戸を発《た》たれる予定かの」

信濃《しなの》飯山《いいやま》藩桜井松平《さくらいまつだいら》遠江守忠倶《とおとうみのかみただとも》の留守居役《るすいやく》が問うた。

「さようでございますな。まだ正式に決定したわけではございませぬが、三月の末日あたりを考えておりまする」

五木が答えた。

参勤交代が近づくと近隣組留守居役の会合が増える。参勤交代の遣《や》り繰《く》りを話し合うためのものであった。数馬を同道させると決める前に、開催が予定されていたものはどうしようもない。あらかじめ伝えていた者以外を連れて行くには、それなりの理由が要《い》る。そして、そこから加賀《かが》藩前田家の意図を読まれてしまう。五木は一人で参加せざるをえなかった。

「では、当家は三日前といたそうぞ」

桜井松平家の留守居役が述べた。

「先にお出《い》でてござるか」

「いかにも。国元で加賀公をお迎えしよう」

五木の確認に桜井松平家の留守居役がうなずいた。

「そこまでしていただかなくとも。ご城下を通過させていただければ、結構でござる」

「いや、それではあまりに無礼」

遠慮した五木に、桜井松平の留守居役が首を左右に振った。

「そこまで言ってくださるなら」

桜井松平家の居城を綱紀が訪れる約束ができた。

「今年は天候も穏やかなようで、雪もさほどではないと聞きまする」

打ち合わせはあっさりと終わり、あとは宴席になる。宴席が始まると、一気にその場の雰囲気はくだけた。

参勤交代でなにがおそろしいかといって、雨風が第一であった。

金沢への街道は、最大の難所碓氷峠《うすいとうげ》を過ぎてしまえば、あとはさしたるものではない。東海道の天竜川《てんりゆうがわ》や奥州街道の利根川《とねがわ》のような大河はなく、気にするとしてもせいぜい残雪による山崩れくらいであった。

「それはなによりでござる。山崩れが起こっては、面倒でござる」

五木も同意した。

酒が入れば、座はもっと崩れ出す。

「五木どの」

普段は近隣組合とはいっても、まずつきあいのない信濃高遠藩《たかとおはん》鳥居左《とりいさ》京《きようのすけ》亮忠則《ただのり》の留守居役が寄ってきた。

「これは高元どの。ご無沙汰《ぶさた》でござるな」

先達《せんだつ》ということでもほとんど差はない。五木は軽く高元の応対をした。

「加賀公のご継室はお決まりになられたのかの」

目の前に高元が腰を下ろした。

「…………」

周囲の留守居役たちが一斉《いっせい》に、耳をそばだてた。

「殿がまだ早いと仰《おお》せでの」

その気配に苦笑しながら、五木が告げた。

「では、決まってはおられぬのだな」

「だから、殿がまだ早いと……」

遠回しの拒否を五木は繰り返した。

「いかがであろう。当家には姫が三人おりましてな」

高元が五木の話を遮《さえぎ》って言い出した。

「いや、だから何度も言うようだが……」

「当家と加賀どのとの間にまんざら縁がないわけではござらぬ。当家の領地高遠は、かつて保科家があったところ。保科家が会津へ移されたあと、我が鳥居が山形から入りました」

五木の抵抗を無視して高元が続けた。

「お待ちあれ、いささか違うのではござらぬかの」

桜井松平家の留守居役が割りこんできた。

「なにかの、鈴木氏《すずきうじ》」

高元が嫌そうに頬《ほお》をゆがめた。

「正確を期さねばなりませぬぞ。まず、山形に封じられていた貴家のご先祖が嗣子《しし》なくして絶家。その後へ保科さまが高遠から移られた。のち、徳川譜代の鳥居家の名跡が絶えることを懸念した幕府のお情けで、貴家のご先代が高遠に三万石余で新規召し抱えとなった。そうでござろう」

「……同じではござらぬか」

鈴木と呼んだ桜井松平家の留守居役へ、高元が不満げな顔をした。

「いやいや、それはいけませぬな。加賀百万石という天下の大藩に、いや、未《いま》だ嗣子のおられぬ綱紀さまへ、断絶した家から正室を迎えよなど、いささか配慮に欠けるのでは」

「うっ……」

痛いところを突かれた高元がうめいた。

「そうそう。高元どの。貴家にはいろいろと噂《うわさ》もござる」

「どんな噂でござるか。根も葉もないことならば、そのままには捨て置きませんぞ」

別の留守居役の言葉に高元が反発した。

「山形にあったときの石高へ復帰したいと、動いておられるようで」

「…………」

高元が黙った。

鳥居家の先祖は、徳川でその忠義並ぶ者なしと讃《たた》えられた元忠《もとただ》であった。関《せき》ヶ原《はら》の合戦の前、上杉征伐に大坂を出た徳川家康から伏見《ふしみ》城の守衛を任された元忠は、石田三成《いしだみつなり》らの挙兵を受けて籠城《ろうじょう》、わずか一千五百ほどの兵で奮闘、全滅するまで戦った。

鳥居元忠が稼いだ貴重な日数のおかげで家康は、石田三成の挙兵を知り、十分な対応を取れる時間を持てた。

もし、鳥居元忠が命惜しさに早々と開城していれば、小早川秀秋《こばやかわひであき》、吉川広家《きつかわひろいえ》ら西軍諸将への工作をするだけの暇がなく、関ヶ原の合戦の様相は変化したかも知れなかった。それこそ、開戦からかなりの間不利であった家康率いる東軍が負けていた。吉川広家が毛利《もうり》の本軍を邪魔せず、西軍のなかでも大軍を擁《よう》していた小早川秀秋が寝返らず、東軍へ攻撃を仕掛けていたら家康が逃げる羽目に陥《おちい》ってもおかしくはなかった。

それを鳥居元忠が防いだといえる。

「功績大である」

家康は鳥居元忠の手柄を高く評価し、鳥居家を優遇、下総矢作《しもうさやはぎ》四万石から山形二十二万石へと加増した。二十二万石は、家臣として井伊家に次ぐ大身であった。だが、世継ぎなしは断絶の決まりには勝てず、一度鳥居家は断絶していた。

「ご老中方への接待もずいぶんとなさっておられるようだ」

鈴木も追撃した。

「五木どの、是非《ぜひ》お考え願いたい」

そう残して高元が離れていった。

「お気をつけなされよ」

高元の代わりに鈴木が前に座った。

「ま、一献」

五木が盃《さかずき》を鈴木に差し出した。

ここで礼を言うのはまずかった。礼は小さいが借りになる。なにより、五木も高元を迷惑と思っていたと認めることになってしまう。これは後々鳥居家との確執になりかねない。この場は酌をすることで暗黙に感謝の意を表すに止《とど》めるのが良策であった。

「いただこう」

鈴木が盃を受けた。

「五木どのは、ご老中堀田さまの留守居役とお親しいかの」

盃を干した鈴木が問うてきた。

「それがあいにく、堀田さまとは同格組でもござらぬので」

親しくないと五木が否定した。

「さようでござったか」

「なにか、お気になることでも」

五木が問うた。

「いや、小沢どのらしきお方を堀田家のご宴席で拝見いたしたような気がいたしましたので」

「小沢ならば、当家を退身つかまつりました」

固い声で五木が告げた。

「では、やはり小沢どのでござったか。いや、よく似たお方じゃと思っておりましたが……」

「…………」

言われた五木は鼻白んだ。気づいていないはずはなかった。鈴木は近隣組である。家格は大きく離れているが、こうやって参勤交代のたびに打ち合わせで顔を合わせる。他にも花見だとか、納涼だとか理由をつけて宴席をおこなっている。また、出席する者が五木と決まっているわけではなく、かつては小沢兵衛も出た。なにより、小沢兵衛は江戸城蘇鉄《そてつ》の間、通称留守居溜《だまり》に何度か顔を出している。鈴木も事情を知っていて当然であった。

「……小沢がどうかいたしましたかの」

本来ならば、経緯はどうあれ、老中の留守居役である。敬称をつけなければならないが、煮え湯を飲まされた五木はどうしてもそれができなかった。

「いえ、なにやら最近、外様《とざま》の大藩の留守居役どのたちとよく会合を開いておられるので、なにかござるのかなと。大藩といえば、貴家に優る家はなし。そこでご存じならば、お教えいただきたいと」

鈴木が理由を述べた。

「あいにく、わたくしは小沢と会っておりませぬし、声もかかりませぬな」

否定しながら、五木は警戒した。

「さようでございますか。では、さほどのことではないのでしょうな」

鈴木が一人で納得していた。

「もう酒は十分いただいた。そろそろ宴席は……」

遊女を早く抱きたいと、留守居役の一人が言い出した。

「そうでござるな。門限もござるし」

今回の幹事役がうなずいた。

留守居役には門限が適用されなかった。当たり前である。幕府の役人を接待している最中に門限でござればと途中で退席などできるはずはない。とはいえ、藩内で留守居役は遊びほうけていると思われ、嫌われている。あまり門限破りを繰り返していると、思わぬところで足を引っ張られかねなかった。

「まだ一刻（約二時間）はいけましょう。いかがでござろうか。宴はここまでとさせていただいても」

「結構でござる」

「もう十分に呑《の》みましてござる」

幹事役の言葉に、異論はなかった。

「では、別のお部屋を用意いたしておりますれば、ご随意に」

泊まりでない宴席は、このまま解散になる。

「馳走《ちそう》でござった」

「申しわけないが、あの赤い玉簪《たまかんざし》を挿《さ》していた女をお譲りいただきたい」

口々に話しながら、留守居役たちが散っていった。

「五木どの……」

動かない五木に幹事が気づいた。

「ご体調でもすぐれられぬので」

「いや、大事ござらぬ。いや、出遅れた。よき女は残っておるまいの」

気遣う幹事の留守居役に五木がおどけて見せた。

「ご懸念あるな。この見世《みせ》で評判の妓《おんな》ばかりでござる。きっとお楽しみいただけよう」

幹事が笑った。

「それは楽しみじゃ。では、参るとしよう」

五木は座敷を出た。

遊女は金をもらえれば、別段閨《ねや》ごとをおこなわなくても文句を言わない。五木は、空いている小部屋に入ると、なかで待機していた遊女に小粒金を握らせた。

「悪いの。急用ができた。一刻ほどここで過ごしてくれ」

五木が遊女に頼んだ。

すぐに小部屋を出て、見世に戻られては五木が女を抱かずに帰ったと知れてしまう。どうせ後で幹事の留守居役が、すべての女を集めて、他の留守居役たちがどうしたのかを聞き取りするので、それまでとはいえ、ときが稼げるのはまちがいなかった。

「こんなに……あいあい」

五木が渡した金の輝きに、遊女が手を合わせて喜んだ。

「一刻ほどで二度とお伝えしておくでありんす」

金額の多さに遊女が気を回した。

「そうしてもらえると助かる」

五木は吉原を出て、駕籠《かご》を拾い、藩邸へと急いだ。

「どうなさいました」

いつものように留守居溜で控えていた数馬は、穏やかではない表情の五木に驚いた。

「瀬能、いたか」

五木が数馬の側《そば》へ腰を落とした。

「なにか、わたくしに御用でございますか」

数馬は姿勢を正した。

「最近、小沢からなにか申してきたか」

「いいえ。わたくしが殿のご指示で使者に立って以来、まったくなにも」

数馬は連絡はないと首を横に振った。

「ふむ」

五木が一層《いっそう》険しい顔をした。

「本日、六郷どのは……」

「勘定方《かんじょうかた》の皆様をお招きして、品川《しながわ》でございまする」

「品川……ではお帰りは明日か」

「のように伺《うかが》っておりまする」

苦く頬をゆがめた五木に、数馬は答えた。

「いたしかたなし。六郷どのがおられぬゆえ、次席の拙者が取り仕切る」

五木が数馬を見た。

「……………」

数馬は大人《おとな》しく待った。

「小沢が外様大名との会合を頻繁《ひんぱん》におこなっているよし」

「……小沢どのが」

五木の言葉に、数馬は首をかしげた。

「なにをしているのか、調べて参れ」

「わたくしは一人で出歩くなと禁足中でございますが……」

吉原へ連れ出された以外、留守居溜で一日無為に過ごしている。数馬の単独での外出はまだ解かれていなかった。

「江戸家老さまの許可は拙者が取る。小沢の行動が不審じゃ。このまま放置しておけば、きっと御家の大事になる。手遅れになる前にどうにかせねばならぬ」

険しい顔で五木が言った。

「外様でございましたら、外様組合の会合を開いて、聞いてみられれば……」

数馬が問うた。

「できぬ。外様組合の宴席があったばかりのうえ、前回は当家が幹事をして紅葉狩りをしたばかりじゃ。幕府から冷遇されている外様大名の留守居役が、そうそう何度も集まれるわけなかろうが」

数馬の提案を五木が否定した。

「……はい」

叱《しか》られて数馬はうなだれた。

外様大名は幕府に、いや徳川家にとって身内ではない。一応家臣として仕えてはいるが、これも徳川が征夷大将軍であるからであり、譜代大名のような忠節は持ち合わせていなかった。なにせ、関ヶ原の合戦が終わるまでは、同格だったのだ。

当然、徳川も外様大名を警戒している。一対一ならば、徳川が絶対に有利だが、外様が手を組めば徳川とて安泰とは言えない。島津と細川、黒田《くろだ》に鍋島が手を組めば、数ヵ月かからずに九州から徳川の勢力は駆逐《くちく》される。そこに毛利、浅野《あさの》、山内《やまうち》、蜂須賀《はちすか》が組めば四国と中国もあっという間に反徳川に染まる。

あわてて徳川が軍勢を仕立て、征討に向かったとしても全軍は出せない。なにせ、背後に伊達や上杉、南部《なんぶ》、津軽《つがる》といった外様がいる。徳川が背後に怯《おび》えて兵を出す機を遅らせて、大坂城が落ち、京まで外様の支配が及べば終わりであった。

京の朝廷が徳川追討の詔《みことのり》を出す。昔から朝廷は、そのときに京を支配している勢力になびくならいである。

徳川が朝敵になる。こうなれば、すべての外様が敵になり、やがて譜代大名のなかにも裏切る者が出る。いかに江戸城が堅固で鳴っても、天下の兵を引き受けてはもたない。戦国の小田原北条氏《おだわらほうじょう》がなによりの証《あかし》であった。

一年で徳川幕府は崩壊する。いや、もっと早いかも知れなかった。

「お親しい外様大名の留守居役さまは……」

「親しいからといって、なんでも教えてもらえるわけではないし、借りを作ることになる。今、当家が借りを作るのはまずい」

苦い顔で五木が首を横に振った。

「殿のご継室問題……」

「そうだ。外様から外様への嫁入りはなかなか幕府が認めぬ。とくに島津や細川、毛利や伊達などの大藩との縁組みはな。だがな、なにも己《おのれ》の家の姫を殿に押しつけずともよいのだ。譜代大名で代々老中を輩出するような名門の姫を殿の継室にと仲介すればいい。外様は名門譜代に恩が売れ、名門譜代は将軍のお血筋である殿の後押しを得られる。どちらにも損はない。ただ、殿が意に染まぬ相手を押しつけられるのと、前田が政争に巻きこまれるだけだ。百害あって一利なし。しかし、借りがあれば、無下にも断れぬ」

「浅慮でございました」

「借りを作らせるのはうまいと思っていたが、攻めばかりでは留守居役は務まらぬ。借りを作らぬ守りも重要である」

「気を付けまする」

数馬が詫《わ》びた。

「そなたがなんとかせい」

「えっ……」

数馬は絶句した。

「なにを驚いているか。今までの話からこうなるとわかっていただろう。小沢は、そなたの担当であるぞ」

驚いた数馬に、五木があきれた。

「いや、それは……どうやって訊《き》けばよろしゅうございましょう」

数馬は戸惑った。

「借りを作っては……」

「当たり前だ」

一言で五木が切って捨てた。

「うまく扱え。借りだけはなんとしても作るな。その代わり、接待の費用はすべて認めてやる。高尾太夫を十日居続けで抱かせてもいい」

「高尾太夫を十日……百両以上かかりまする」

数馬は息を呑んだ。

留守居役の接待だからといって、無制限に金が出るわけではなかった。同格組ならばいくら、近隣組ならばこれだけとおおむね決まっていた。その決まりの数倍以上の金を認めると五木が言った。

「百両など藩の危機に比べれば安いものだ。小沢の動きはその怖れがある。長年留守居をしてきた勘がそう言っておる」

五木が断言した。

「当家だけが省かれている。これだけでも碌《ろく》でもないとわかる。そして、その中心にいるのが、当家を放逐《ほうちく》された小沢ぞ」

「…………」

数馬も五木の切迫した雰囲気に呑まれた。

「行け。一刻も早く小沢と連絡を取れ」

「はっ」

数馬は引き受けるしかなかった。

二

上司の命令は絶対である。

といったところで、こちらの事情でしかない。すでに加賀藩前田家の臣でなくなっている小沢兵衛に面会を強要することはできなかった。

「理由をなんにするか」

すでに五木は江戸家老へ報告するために出ていっていない。ふたたび留守居溜で一人になった数馬はどうやって小沢と会うかで悩んだ。

「……尋ねるしかないな」

数馬も留守居溜を後にした。

「ずいぶんとお早い」

離れを訪ねた数馬を迎えた角有無斎《かゆむさい》が驚いた。

「お教え願いたいことがござる」

数馬は事情をすべて明かした。

「ふむう。小沢か……」

角有無斎が腕を組んだ。

「わたくしが留守居役をしていたとき、小沢もおりましたが、とにかく女好きの男でございましたなあ」

「では、やはり吉原に誘えば」

「ううむうう」

角有無斎が唸《うな》った。

「老翁どの」

数馬が確答を急《せ》かした。

「小沢の女好きは、いささか癖《くせ》がございました」

「癖……」

女好きに癖などあるのかと数馬は首をかしげた。

「まさかと思いますが……瀬能どのは女を」

「……未だ」

「なんともはや……」

恥ずかしそうに頭《こうべ》を垂れる数馬に、角有無斎が大きく嘆息した。

「本多さまの姫を迎えられるゆえ、いたしかたないとは思いますが……女を知らぬでは留守居役はいささか……」

角有無斎が難しい顔をした。

「まあ、今は瀬能どののことを云々《うんぬん》しても益ないこと」

「……申しわけなし」

数馬は小さくなった。

「いえ。こちらこそ、余計を口にしました」

相手は加賀藩前田家を背負って立つ筆頭宿老《しゆくろう》の本多政長の娘婿《むすめむこ》である。隠居しているとはいえ、本多政長を非難したと取られれば、跡継ぎに難が及びかねなかった。

「小沢の女好きでござるが、遊女ではなく、普通の女を好むのでございまする」

「普通の……」

「さよう。町屋の女とかあるいは武家娘とか。遊女のように、誰と寝ているかわからぬ相手はあまり好まぬようで。もちろん、吉原にも品川にも参りますが、あからさまに態度が違う」

角有無斎が述べた。

「しかし、そのような女を用意するわけには参りませぬ」

数馬には女を見つける手立てがなかった。

「もちろんでござる。それまでは不要。頼まれたならまだしも、そうでないのに女を斡旋《あっせん》などすれば、加賀は女衒《ぜげん》だという悪評を買いまする」

「女衒……」

金で女を斡旋する者のことを女衒といい、世間ではかなり嫌われていた。

「かつて小沢どのから、妾《めかけ》を世話しようと言われましたが……」

数馬は思い出した。

「それは失礼ながら、瀬能どのを甘く見たからでございましょう。留守居役のいろはも知らない若僧だから、こちらの思うように操れると……」

言いにくそうにしながらも、はっきりと舐《な》められていたと角有無斎が告げた。

「むっ」

「お怒りになられるな。留守居役は交渉役。怒った段階で交渉は終わりまする。怒るという振りで止めなければなりませぬ」

「……はい」

諭《さと》されて数馬は大きく息を吸って吐いて落ち着こうとした。

「それもよろしくはございませぬ。留守居役の仕草はすべて交渉の手段でござるぞ」

感情を容易に表すなと角有無斎が教えた。

「気を付けまする」

数馬は首肯《しゅこう》した。

「そういえば、瀬能どのは妾宅《しょうたく》をまだお持ちではない」

「小沢どののご手配で、場所は決まったのでございますが、その直後からの混乱に紛れて、まだ設けてはおりませぬ」

「妾は」

「……一応」

続けて訊いてきた角有無斎に、数馬は佐奈を思い浮かべた。

「それは重畳《ちょうじょう》。妾宅だけ決まって、妾はまだがもっとも悪うござる。それこそ、女を送りつけられかねませぬ。小沢の紐付《ひもつ》きの女などとんでもございませぬ」

角有無斎が強い口調で言った。

「はあ」

五木、六郷だけでなく、引退した角有無斎にまで毛嫌いされている小沢兵衛に、数馬はあらためて驚いた。

「しかし、女が決まったならば、それを利用できますぞ」

「どうやってでございましょう」

数馬は問うた。

「小沢に手紙をお出しなされ。妾が決まったゆえ、あらかじめお目通りを願うと」

「女を見せると」

「さようでござる」

確かめた数馬に、角有無斎が首肯した。

「妾宅の斡旋を頼んだということは、招く心づもりはあるということ。小沢と瀬能どのは緊密に連絡を取り合うと約束したも同然。となれば小沢が直接妾宅へ訪ねてくることもございましょう。いえ、かならず参りまする」

角有無斎が断言した。

「主のいない妾宅に……」

「いかにも。それを許し合う仲になった留守居役は、良きにつけ悪しきにつけ、強い絆《きずな》で結ばれまする」

「小沢どのと強い絆でござるか」

「お嫌ではございましょうが、老中の留守居役、それも今をときめく堀田備中守さまでござる。前田家にとって大きな利」

「承知いたしておりまする」

宥《なだ》めるような角有無斎に数馬はわかっていると答えた。

「その、妾を巡って……」

聞きにくいことを数馬は口にした。

「ございましたな。かつてとある近隣組で、先達が新参ではござらぬが別の留守居役の妾に横恋慕いたしましてな。先達の権で抑えつけ、無理矢理奪ったのでござる」

「そのようなまねをするとは……で、どのようになりました」

あきれながらも、数馬は結末を問うた。

「先達は主君と同じ。その命《めい》は絶対でござる。妾を奪われた留守居役は文句も言わず、引き下がりました」

「情けなさすぎましょう」

男として己の女を奪われて、泣き寝入りはどうかと数馬は述べた。

「それが先達でござる。瀬能どのも、辛《つら》い目を見られたであろう」

新参の顔見せ宴席のことを角有無斎が言った。

「はい……」

顔を上げることなくずっと平伏したままで、なにも喰《く》わず、水も呑まずに一刻あまり、宴席を楽しむ先達たちの前で我慢し、翌朝まで起き続けていなければならない。

その間、他の留守居役は品川の遊女を思うがままにして、疲れればぐっすりと眠る。品川の遊女屋でおこなわれた顔見せの宴席は、数馬にとって生まれて初めて経験した屈辱でもあった。

「もっとも、しっかり後日復讐《ふくしゅう》はなされましたぞ」

「復讐……どうやって」

数馬は身を乗り出した。

「なに、先達はいずれ代わる。妾を奪った先達が隠居し、奪われた留守居役が先達になった。順番でござるからな。そして、先達になった留守居役は、妾を奪った留守居役のいた藩を近隣組合から排除してしまったのでござる」

「そのようなことが許されるので」

留守居組合は持ちつ持たれつで生まれた。幕府へ対抗するために力を合わせるのが目的である。そこから一つの藩を放り出すなど、いかに先達の留守居役とはいえ、無理だろうと数馬は否定した。

「他人の妾を取るような輩《やから》でござる。皆、痛い目にあっておったようで、協力してその藩を追い出したとか」

「……それはまた」

近隣組合はけっこう大きくなる。領地の三方を海に囲まれている毛利でも、参勤交代の通路となる諸藩や、江戸屋敷で境を接する大名と近隣組を結成、その数は二十をこえている。それだけの数の藩を敵に回せば、酷《ひど》い目に遭《あ》うのは無理のないことであった。

「おかげで先達だった前の留守居役は、藩から放逐されたそうでござる」

「自業自得でございますな」

末路を聞かされた数馬は納得した。

「さあ、急ぎなされ。五木どののご様子を伺うかぎりでは、あまり猶予《ゆうよ》はないように思えまする」

「かたじけない」

助言の礼をして、数馬は長屋へ戻った。

「佐奈はおるか」

「これに」

玄関を入るなり叫んだ数馬の前に、佐奈が現れた。

「出かける用意をいたせ」

「はい。どのような装いを」

男だけでなく女にも、出先に応じた身形《みなり》というものがあった。

「小沢どののもとに、佐奈を紹介するために出向く」

できるだけ感情をこめない口調で、数馬は告げた。

「小沢さまへ……では」

すぐに佐奈が悟った。

「妾宅を開く」

「承知いたしましてございまする」

佐奈が手を突いた。

「手紙を書く、庫之介、届けてくれ」

「わかりましてございまする」

家士の石動庫之介がうなずいた。

堀田備中守《びっちゅうのかみ》正俊は、幕閣のほとんどを手中にしていた。

かつて堀田備中守を若輩者として侮《あなど》り、大老酒井雅楽頭《うたのかみ》忠清に媚《こ》びを売っていた老中たちも、掌《てのひら》を返した。

とはいえ、面従腹背が政《まつりごと》の常。堀田備中守がいないところでは、不満が溜《た》まっていた。

「執政になれる家柄ではなかろうに」

大久保加賀守忠朝《おおくぼかがのかみただとも》が苦い顔をした。

「殿」

大久保家の用人が注意を促すような口調で言った。

「わかっておるわ。まちがえても城中でいうようなまねはせぬ」

大久保加賀守が不満げに言い返した。

堀田家は大久保家と違い、徳川に仕えたのは関ヶ原以降であった。

これが、堀田家の幸運であった。

堀田家は最初織田信長に仕え、本能寺《ほんのうじ》の変で信長が死ぬと浅野長政《あさのながまさ》に、そこから小早川家へ転籍、隆景《たかかげ》、秀秋と二代の間奉公した。関ヶ原の合戦の後、秀秋が病死、小早川家が断絶して浪人、慶長《けいちょう》十年（一六〇五）、伝手《つて》を得て徳川家に五百石で召し抱えられた。

万石の大名として召し出されたのならば、堀田家は外様になっていた。しかし、旗本となったお陰で二代目の正盛《まさもり》が三代将軍家光の小姓となることができ、深い寵愛《ちょうあい》を受けて出世を重ね、ついには下総佐倉《さくら》十一万石大政参与までのぼった。

家光と男色の関係にあったことから尻のお陰で出世した蛍《ほたる》大名と誹《そし》られたが、それも殉死《じゅんし》したことで帳消しになった。

堀田備中守正俊は、その正盛の三男であった。

「我が大久保のように、徳川家のため、多くの先祖が死んだ功績ある譜代でもない……」

大久保加賀守が、眉間《みけん》に皺《しわ》を寄せた。

「稲葉《いなば》さまも同じでございまする」

用人が用心を忘れないでくれと言った。

酒井雅楽頭の大老罷免《ひめん》を受けて、大政参与になった稲葉美濃守正則《みののかみまさのり》も堀田家同様、関ヶ原まで徳川の家臣ではなかった。

稲葉家の先祖正成《まさなり》は小早川秀秋の家臣であった。やはり秀秋の死後浪人していたが、妻の福《ふく》が家光の乳母に選ばれた縁で、徳川に仕えた。当初の禄は確定していなかったが、万石には及ばず、後家康によって一万石を与えられ、大名となった。短い期間だったとはいえ、旗本扱いの時期があったおかげで、稲葉家も譜代大名に列した。経緯としては堀田家と稲葉家は似ている。なにより、両家はともに小早川家にいたころに、婚姻《こんいん》を交わし、一族となっていた。

稲葉美濃守の出世は、家光の寵臣《ちょうしん》堀田加賀守正盛の引きのお陰であった。

「わかっておるが……気に入らぬ」

大久保加賀守が酒を呷《あお》った。

「なんとかして備中守を追い落とすことはできぬか」

「難しゅうございましょう」

問いかけられた用人が首を左右に振った。

「備中守さまは、上様のご寵愛とご信頼を一身に受けておられまする。先代将軍家綱さまにおける酒井雅楽頭さまと同じ。とても割ってはいることはできませぬ」

「酒井雅楽頭と同じ……いずれ備中守が大老になると申すか、そなたは」

「……はい」

用人は家柄ではなく能力で選ばれる。主君の信頼も厚い。堂々と主君に意見ができる数少ない家臣であった。

「むうう」

大久保加賀守が唸った。

「大老はもう要らぬ」

険しく表情をゆがめながら、大久保加賀守が告げた。

「老中の意味がなくなる。大老一人でなにもかも決めてしまい、我らは花押《かおう》を記すだけの右筆《ゆうひつ》以下に落ちる」

酒井雅楽頭が居たところを大久保加賀守が思い出した。

「…………」

同意すれば主君を筆耕《ひっこう》扱いすることになる。用人は黙った。

「政は、国も違えば、身分、生業も別の者たちを一括して、良いようにするためのものである。多種多様な意見が反映されねばならぬ。江戸と九州で同じことをやってもだめなのだ」

大久保加賀守が続けた。

「一人に任せれば、政はかならずそうなる。他人の意見を聞かなくなる」

「殿……」

最初と違った思いを用人は口調にのせた。

「なにより……余《よ》は備中守に狙われている」

小さく大久保加賀守が震えた。

「佐倉の地を備中守は取りあげる気でおるはずじゃ」

大久保加賀守が口にした。

下総佐倉は幕府にとって要地である。奥州の外様たちを牽制《けんせい》し、いざというときは御三家の水戸と手を携《たずさ》え、謀反を起こした外様大名たちの江戸侵攻を食い止める役目も担《にな》っていた。

だけに佐倉に封じられる者は、ときの将軍から信頼厚い者とされていた。三代将軍随一の寵臣であった堀田加賀守正盛が、佐倉を預けられたのも当然であった。将軍の信頼厚き者が置かれる佐倉である。加賀守正盛亡き後を嫡子正信《ちやくしまさのぶ》が受け継いだのも自然な流れであった。なにせ、加賀守正盛は、家光に殉死したのである。殉死は最大の忠義とされていた。命をもっての奉公だけに、殉死した者の跡目は大事にされる。正信はそのまま佐倉を受け継いだ。

しかし、その正信が愚かであった。父の忠義を見習うことなく、その栄華だけを受け継ごうと考えた。己も幕閣に入り、やがては大政参与となる。そう思いこんだ正信は、いつまで経っても出世できない境遇を恨《うら》み、幕政批判をしたうえで、勝手に帰国してしまった。

許しのない帰国は謀反《むほん》となり正信は改易され、その後松平和泉守乗久《いずみのかみのりひさ》に与えられたが、延宝《えんぽう》六年（一六七八）に肥前唐津《ひぜんからつ》と国替えとなり、大久保加賀守の領土となっていた。

「それは……」

用人も難しい顔になった。

「佐倉にある。これは譜代名門としての証である。それを奪われては、先祖に申しわけがたたぬ」

「はい」

用人も同意した。

家臣は主君と一心同体、いや付属物であった。

主君が出世すると家臣も加増されるなど恩恵を受ける。主君が老中になれば、陪臣《ばいしん》とはいえ、旗本を圧する力を持てる。それに伴っての余得も増える。家臣にとって主君の浮沈は吾《わ》が身に直結した。

「そういえば……」

用人が口を開いた。

「なんじゃ」

大久保加賀守が聞きとがめた。

「留守居役が、耳に挟んできたのでございますが……堀田さまのお留守居役が、外様大名との宴席を連日重ねていると」

「備中守の留守居役がか。ふむう」

大久保加賀守が思案に入った。

「調べよ」

「堀田さまのお留守居役がなにをしているかを探れと」

「そうじゃ。できるな」

確認した用人に、大久保加賀守が念を押した。

「してのけまする」

主君の命は絶対である。用人が平伏した。

三

手紙の返事は翌日届いた。

「お待ちしているとのことでございまする」

早速、数馬は五木に報告した。

「まだ六郷さまはお戻りではない」

五木が焦《あせ》っていた。

「品川での宴席の後、高輪《たかなわ》に誘われたのではございませぬか」

別の留守居役が言った。

高輪はちょっとした小高い丘のようになっている。大名の下屋敷も多く、どこも庭園などに凝《こ》っていた。

「いたしかたないが……間の悪い」

五木が悔《くや》しげな顔をした。

「よいか、瀬能。決して言葉尻を捉《とら》えられるなよ。うまく訊き出してこい」

「できるかぎり」

「違う。かならずだ。成果を出してこその留守居役であるぞ」

努力すると言った数馬に、五木が厳しい言葉をかけた。

「では、行け」

「はっ」

指示された数馬は、一度長屋へ戻った。

「佐奈、用意はできておるな」

「はい」

いつもより少し派手な装いになった佐奈がうなずいた。

武家の女中はあまり化粧をしなかった。これは奉公人という身分をわきまえてのものであり、せいぜい薄く白粉を刷《は》き、紅を引くていどで止めていた。

その佐奈が、はっきりとした化粧をし、髪にも簪《かんざし》や笄《こうがい》をさし、色柄の小袖《こそで》を身にまとっている。

「…………」

数馬は思わず、見とれた。

「殿……」

佐奈が首をかしげた。

「いや、ずいぶんと違って見えると思ってな」

素直に数馬は口にした。

「化粧は女の鎧《よろい》でございますから。戦いに行く前には身に付けましょう」

佐奈がほほえんだ。

「戦い……」

「でございましょう。殿と小沢と申す裏切り者の」

冷たい声で小沢兵衛を佐奈は呼び捨てた。

「わたくしは殿の援軍。戦支度《いくさじたく》をして当然」

佐奈が告げた。

「戦いか。たしかにの」

五木だけでなく、佐奈にも言われた。数馬は気を引き締めた。

「よしっ」

数馬は強く前へと踏み出した。


小沢の妾宅は通りから辻《つじ》を入った奥にある。奥が袋小路になっていることもあり、関係のない者は入って来ない。家数も少ないため、天秤棒を担《かつ》いだ行商人もあまり出入りせず、静かであった。

「小沢の旦那《だんな》」

朝から妾宅に無頼が来ていた。

「うむ。手はず通りに頼むぞ」

小沢兵衛が無頼の親分に言った。

「任せておくんなさい。いただいただけの働きはお見せしますぜ」

無頼の親分が胸を張った。

「秘蔵《ひぞう》。わかっていると思うが、逃げたり、裏切ったりしたら……」

声を低くして小沢兵衛が脅《おど》した。

「わかってやすよ。ご老中さまのご家中さまを敵に回すなんぞ、とんでもない。そんなことをした日には、明日から町奉行所と火付け盗賊改めに追い回される羽目になりやす」

秘蔵と呼ばれた無頼の親分が手を振った。

「利口な者はよいな。うまくやれば、後々も使ってやる」

「へい」

「やることはわかっているな」

「もちろんでやさ。間もなく来る女連れの侍を足止め、女の顔に傷を付ける。そのとき、侍には一切手出しせず、女も殺さない」

言われた秘蔵が答えた。

「そうだ。しくじるなよ」

「へい。では」

うなずいた秘蔵が出ていった。

「顔に傷ついた女を留守居役は妾にできぬ。妾宅は親密な会合の場である。その場を取り持つ女は、その留守居役の代理でもある。旦那が来るまでの接待は妾の仕事。人前に出られぬような顔では、妾宅へ客を招けなくなる」

一人になった小沢兵衛が、口の端を吊《つ》り上げた。

「ちょうどいいところで、瀬能が来てくれるわ。加賀に残した伝手を遣《つか》いきる前に、次の縁が向こうから寄ってきた。妾宅はできても妾がおらぬでは困る。そこで儂《わし》が新しい妾を斡旋する。儂の手になる妾だ。瀬能ごとき世間知らずを籠絡《ろうらく》するなどお手のものだ。妾宅であったこと、閨《ねや》での睦言《むつごと》、そのすべてを儂に報《しら》せてくる。そして瀬能は本多に繋《つな》がっておる。本多こそ、加賀そのもの。瀬能を手に入れれば、加賀のすべてを知ることができる」

小沢の目に決死の光が点《とも》った。

「殿に見放されぬためには、加賀を押さえておかねばならぬ」

目の前に置かれた膳から、小沢は盃を取りあげた。

「だが、いつかは捨てられる。それが譜代でない者の定めだ。使える間は使い、要らなくなれば……」

小沢は己の立場が危ういと認識していた。

「殿が何者にも負けぬだけの力を得られたとき……儂は不要になる」

堀田備中守が加賀藩を気にするのは、当主綱紀が将軍の血を引いているからである。外様でありながら、御三家、越前家と同じ大廊下に席を与えられている前田家の影響力は大きい。五代将軍綱吉の擁立《ようりつ》に功績があり、寵臣として将来を保証された堀田備中守とはいえ、まだその基盤は弱い。

なにせ、堀田備中守の後《うし》ろ盾《だて》である将軍綱吉が盤石でないのだ。将軍になったとはいえ、傍系であり、他に何人もの将軍候補が居る今、絶対の権力を保持できていない。

「大御所という前例もある。諸侯のなかには、綱吉さまではなく、甲府宰相綱豊《つなとよ》さまを将軍にと思っている者も多い」

甲府宰相綱豊は、家光の三男綱重《つなしげ》の嫡男《ちゃくなん》である。綱重が兄家綱よりも先に死んでしまったため、五代将軍選定のおり、一代遠いとして綱吉に負けた。

しかし、綱吉が家光の四男で、綱豊は三男の息子という点を取れば、長幼の序によって、綱豊が正統になる。

「家康さまが三代将軍をご選定なさるときに、兄の家光さまを指名し、弟の忠長さまを臣下となされた。この故事に従えば、兄たる甲府家から将軍を出すべきである」

こういった声は根強い。そして正論でもあった。

「綱吉さまの足下はもろい。真剣に綱吉さまをお支えしようとしているのは、殿だけといえよう」

小沢は現状をよく把握していた。

「だからこそ、殿は前田を手に入れたがっておられる。百万石の力と将軍の血族という二つを兼ね備えた前田を味方にできれば、雪崩《なだれ》を打つようにそこいらの大名どももなびこう」

主君の狙いを小沢は読んでいた。

「三年、いや、二年。それだけあれば、綱吉さまの地位は固まり、殿も天下を把握されよう。儂の寿命はそこまでだ」

小沢の瞳から感情が消えた。

「金も集めねばならぬ」

じっと小沢が手を見た。

「今、瀬能が儂を訪ねるのは、ただ一つしかない。妾なんぞ、理由でしかない。瀬能は、儂が外様大名の留守居役たちと宴席でなにを話しているかを探りに来た。されど、名目の女が傷つけば、探りを入れるどころではなくなる。だからといって、なにも得られず、手ぶらで屋敷へ帰られるはずはない。たとえ儂に借りを作っても、話を訊かなければならぬ」

小さく小沢が笑った。

「借りは返さねばならぬ。それが決まり。借りを使って女を押しつける……これで、加賀の内情は儂に筒抜け。殿も儂を捨てるに躊躇《ちゅうちょ》することになるはず。その間に、生涯安泰なだけの金を貯めればすむ」

小沢が語った。


数馬と佐奈は、小沢の妾宅近くまで来た。

「殿さま」

佐奈が呼んだ。

「どうした」

「草履《ぞうり》の鼻緒が……」

足を止めた佐奈が、足下へ手を伸ばした。

「なんともないぞ」

数馬は首をかしげた。

「お声を落としてくださいませ」

草履を触りながら、佐奈がささやいた。

「どうした」

数馬も口元を隠すようにして問うた。

「あの辻の辺りに何人かたむろしておりまする。ああ、そちらをご覧になられませんよう」

「わかっている」

何度も待ち伏せを喰らっている。相手が待ち伏せしていると気づいても、知らない振りをしているほうが有利なときが多いと数馬は学んでいた。

「狙いは、我らか」

「まちがいございますまい。わたくしどもをじっと見ているようで、顔がこちらを向いたまま固定されておりまする」

「刺客ではないな」

殺しになれた者は、その瞬間まで標的に目を向けない。これは目に籠《こ》もる力で、相手に殺気を気づかれないようにするためであった。

「はい。そこいらの無頼でございましょう」

「なんのためだと思う」

数馬は問うた。

「わかりかねまする」

佐奈が首を横に振った。

「我らではなく、他の者が狙いだということは」

「ございませんでしょう」

念を押した数馬に、佐奈はきっぱりと否定した。

「ならば、打ち破るまでよ。無頼に大義はない。強き力の前には立ち向かえぬ」

数馬は強く宣した。

「はい」

佐奈も同意した。

辻に入ったところで、二人の前に無頼が三人立ちはだかった。振り返ると、後ろにも三人がいて、退路を塞《ふさ》いでいた。

「往来の邪魔をするな」

問答無用での戦いを、一応数馬は避けた。

「いえね。旦那じゃなくって、そちらのお女中に用がございましてね」

秘蔵が一歩前に出た。

「当家の女中に何用じゃ」

数馬は問うた。

「ちょっとだけ、お顔に傷を付けさせていただければ、結構なんで」

「ふざけたことを申すな。女の顔に傷など付けさせられるか」

秘蔵の要求を数馬は一蹴した。

「おっと動かないでいただきましょう。旦那がかなりお遣いになるということをこちらは存じておりますのでね。後ろをご覧ください な」

手を前に突き出して、数馬を制しながら秘蔵が言った。

「後ろだと……」

首だけで振り向いた数馬は、後ろの三人のうち二人が、口に筒をくわえているのを見た。

「吹き矢か」

数馬は悟った。

「さようで。しかも斑猫《はんみょう》の毒をたっぷりと塗ってございますよ。刺されればもちろん、かすっただけでも、あの世行き」

下卑《げび》た笑いを秘蔵が浮かべた。

「いかに名人上手でも、吹き矢で狙われちゃあなんにもできませんやね。おいっ」

秘蔵の合図で、前にいた二人も吹き矢の筒を口にした。

「どういたしやす。念のために申しあげておきますが、お女中のお命はいただきません。二度と他人前《ひとまえ》に出られないご面相になってはもらいますが。ご安心なさいましたか」

「ふざけたことを」

卑怯《ひきょう》な秘蔵に、数馬は怒った。

「ふざけてなんぞいやせんよ。こっちはお金をいただいてやっているだけで。いわば商い。御上も言っておられるではございませんか。生業に精をだせと」

鼻先で秘蔵が笑った。

「誰に頼まれた」

「天の神様で」

答える気はないとふざけた返事を秘蔵がした。

「この奥の者であろう」

「知りやせんねえ。この奥に神様がお住まいならば、そうでございましょうがね」

小さく秘蔵が笑った。

「そうか。ではやむを得ぬな。神ではなく、閻魔《えんま》に会って来い」

数馬は脇差《わきざし》を抜いた。

「お馬鹿さんだな。おい」

「へい」

一つの吹き矢が放たれた。

「こんなもの」

数馬は脇差で吹き矢を弾いた。速い吹き矢に対抗するため、あえて軽く取り回しのしやすい脇差を選んだのである。

「おいっ」

ふたたび秘蔵が声を出し、今度は前後から吹き矢が来た。

「ぬん、えい」

腰を回し、すばやく数馬は二つをはたき落とした。

「ほう、なかなか。できるというだけのことはございますな。では、三つを」

秘蔵が手をあげた。

小さな音がして、吹き矢が前から二つ、後から一つ飛んできた。

「くっ」

前からの二つを弾いたが、後へ脇差を回す余裕はなかった。数馬は、身体《からだ》をひねって最後の一つをかろうじてかわした。

「これも防ぎますか。では、最後で」

大きく秘蔵が手をあげた。

「いけるな」

小声で数馬が佐奈に訊いた。

「ご懸念なく」

佐奈が応じた。

「やれっ」

秘蔵が手を振り下ろした。

四つの吹き矢が数馬目がけて飛び、吹き矢を持っていない男が、後から長脇差を振りかざして、佐奈へ襲いかかった。

「ぬん」

数馬は走った。前から来た吹き矢を脇差で払い、背後を気にもしなかった。

佐奈の隣で守るように立っていた数馬を四方から吹き矢が狙った形は、数馬が前に出たことで、崩れた。後からの吹き矢が数馬のいた場所で交差したが、すでにそこには数馬はいない。二本の吹き矢はなにもないところを目指して飛んでいってしまった。

「こいつっ」

あわてて秘蔵を含む三人が吹き矢ではなく長脇差を構えたが、強く地を蹴った数馬の速度には追いつけなかった。

「くらえっ」

脇差がひらめいて、吹き矢を使っていた二人の首筋を裂いた。

「…………」

首の血脈を断たれた二人が声もなく死んだ。

「わ、わっ」

あわてた秘蔵が大きく後へ逃げた。

「女をやったなら、依頼は終わりだ。逃げるぞ……えっ」

撤退を指示した秘蔵が絶句した。

佐奈を襲った長脇差の男は血に沈み、後から吹き矢を操っていた二人は、喉《のど》から手裏剣《しゆりけん》を生やしていた。

「えっ、えっ、えっ」

秘蔵が戸惑った。

「誰か来たのか」

援軍でもあったのかと秘蔵が辺りを見回した。

「いいのか、そんなことをしていて」

「……はあっ」

声を掛けられた秘蔵が、数馬の接近に気づいた。

「ひっ……ひいい」

手にした長脇差を捨てて、秘蔵が逃げ出した。

「遅い」

大きく足を踏み出して、数馬が脇差を薙《な》いだ。

「ぎゃっ」

片手薙ぎは刀の重さにつられて伸びる。数馬の脇差が、秘蔵の背中を裂いた。が、脇差だっただけ、二寸（約六センチメートル）浅かった。

「あわっ、あわ」

痛みで一層秘蔵の逃げ足に力が入った。

「刃渡りがたらなんだか」

伸びを計算に入れた片手薙ぎは、どうしても重心を狂わせる。大きく体勢を崩した数馬は追撃できなかった。

致命傷を免《まぬか》れた秘蔵が、背中から血を流しながら走り去った。

「……大事ないか」

脇差に付いた血脂を拭《ぬぐ》わず、数馬は佐奈の無事を確認した。

「はい。わたくしはまったく」

三人の男を仕留めながら、佐奈はまったく変わっていなかった。

「ならばよい」

ようやく数馬は懐《ふところ》からなめした鹿皮を取り出し、脇差についた血脂を拭った。一度付いた脂は研《と》ぎに出さない限り残り、切れ味を落とす。とはいえ、こうやって拭っておかないと、血は鉄に錆《さび》を呼ぶ。もし、鞘《さや》のなかに血を入れてしまえば、鞘までいじらなければならなくなる。これも武士の心得であった。

「…………」

佐奈が落ちている吹き矢を拾い上げた。

「危ない。毒が……」

あわてて数馬は止めた。

「……毒など塗られておりませぬ。しっかり先は乾いております。毒は水気がないと効果が薄れますので」

吹き矢の先をゆっくりと見ていた佐奈が、首を左右に振った。

「えっ……」

数馬は啞然《あぜん》とした。

「あやつが言っていたのは、偽り」

「のようでございまする」

佐奈が吹き矢を捨てた。

「そもそも話がおかしゅうございまする。最初に、わたくしの面体に傷を付けるだけが目的だと申しておりました」

「ああ」

数馬はうなずいた。

「つまり、わたくしを害するつもりもなかった。もちろん、殿のお命をいただくなど最初から考えていなかった」

「ふむう。虚術だったと」

「おそらくは」

唸った数馬に、佐奈が首肯した。

虚術とは、空蟬《うつせみ》の術と言われ、相手を騙《だま》して、有利な状況を作り出す技である。今回は、吹き矢に毒があると数馬に信じさせることで、その行動を制限したのだ。吹き矢だけなら、目にでも当たらない限り、無視して良いていどの被害しかでない。それこそ、顔を覆《おお》いながら射手へ突っこんでも問題ないのだ。一本や二本吹き矢が刺さっても、毒がなければ、後で腫《は》れるていどで終わる。

それが毒矢となれば、状況が一変する。刺されば死、かすっただけでも、甚大《じんだい》な影響が出る。となれば、はたき落とすか、かわすしかなくなり、数馬の動きに大きな制限がつく。

「ときを稼ぐ。いや、拙者の手を塞ぐ」

「はい」

佐奈が同意した。

「普通の女ならば、成功したでしょうが……」

小さく佐奈が口の端を吊り上げた。

「………」

見たことのない酷薄な表情に数馬は沈黙した。

「姫さまの夫君を襲うなど、万死に値いたしまする。今からでも、逃げた男を追って……」

佐奈が数馬に許可を求めた。

「放っておけ。今日は、別件じゃ」

数馬は求めを却下した。

「無念でございまする。では」

さっと佐奈が身だしなみを点検した。

「お待たせをいたしました。参りましょう」

佐奈が普段の顔に戻った。

辻の入り口から小沢の妾宅までは目と鼻の先であった。

「御免《ごめん》」

しもた屋の格子戸を数馬は開けた。

「はああい、ただいま」

なかから女の声が返ってきた。

「小沢どのの妾だ」

数馬が小声で教えた。

「どちら……瀬能さま。お出でなさいませ」

妾が愛想良く出迎えた。

「約束してあるのだが、ご在宅かの」

「はい。お見えになられればすぐにお通しするように命じられておりますれば、どうぞ」

妾が先に案内に立った。

妾宅というのはどこもよく似た作りをしていた。土間をあがれば女中を雇うときのための小部屋、続いて客間、そして居間である。普段は居間に通されるが、今日は佐奈がいる。

「ただいま主が参りまする」

妾は奉公人である。たとえ雇い主が独身でも、外に向かって旦那ということはできなかった。

「世話をかける」

「ありがとうございまする」

二人は礼を述べて客間で待った。

「旦那さま、瀬能さまとお女中がお一人お出ででございまする」

「……怪我《けが》をしている様子は」

「ございませんが」

訊かれた妾が怪訝《けげん》な顔をした。

「ああ、よい。そなたは呼ぶまでここにおれ」

「お茶やお膳は」

「気遣いはせずともよい」

もてなしはどうすると尋ねた妾に、小沢兵衛は手を振った。

「お待たせをしたな」

「いや。こちらこそ、無理をお願いいたしました」

小沢兵衛と数馬は互いに挨拶《あいさつ》をかわした。

「そちらが、貴殿の世話をするお女中か」

早速《さっそく》小沢兵衛が佐奈に目を向けた。

「さようでござる、佐奈と申す。佐奈、小沢どのだ。お見知りおいてもらえ」

「はい。佐奈と申しまする。ふつつか者でございますが、よろしくお願いを申しあげまする」

佐奈が名乗った後、顔をあげた。

「むっ……美形であるな」

小沢兵衛が息を呑んだ。

「瀬能どの、これほどの女、どこで、紹介ならば、誰の」

ぐっと小沢兵衛が数馬に迫った。

「同藩の微禄の者の娘でござる」

「加賀家のか……」

答えを聞いた小沢兵衛の意気が一気にしぼんだ。加賀の前田家中の娘、小沢兵衛が決して近づける相手ではなかった。

「ところで、小沢どの。ここに来る前、そこの辻で、無頼どもに襲われましたが、貴殿にお心当たりはございませぬか」

「そのようなことがあったのか。この辺りは静かであるからこそ、妾宅を構えたのだが……」

まったく顔色を変えることなく、小沢兵衛が知らないと応じた。

「さようでございましたか。小沢どのなれば、きっと妾宅の周囲に危ないまねをする者などおらぬと確認なさっておられましょう。なにせ、備中守さまをお迎えしたのでございますから」

痛烈な皮肉を数馬は放った。

「…………」

小沢兵衛が詰まった。

先日、加賀の前田綱紀と老中堀田備中守は、五代将軍継承過程でのもめ事を解決すべく、話し合いを持った。もちろん、他の者たちに知られないように、細心の注意を払った。結果、他人目《ひとめ》につかない、盗み聞きの怖れがないということで、両者は小沢兵衛の妾宅を密談の場に選んだ。

気取られぬよう、身の回りの警固《けいご》だけで集まった綱紀と堀田備中守の安全は、十分にはかられていなければならない。当然、場を提供した小沢兵衛は、念入りな下調べをしていなければならなかった。

「それは……」

一気に小沢兵衛が劣勢に立った。

主君を招いた妾宅付近に無頼がたむろしていた。

こう言われては、小沢兵衛の立場はなくなる。堀田備中守は、密談という性格上、多少はやむを得まいと納得しても、家老などが黙っていなかった。そうでなくとも、その出自《しゅつじ》から堀田家中で浮いている小沢兵衛である。

「やはり譜代でなくば、主君のお命を思わぬようだの」

他の家臣たちから、小沢兵衛が睨《にら》まれる。

「殿、あのように信用のおけぬものをお遣いになるべきではございませぬ。早いうちに当家から離すべきでございましょう」

小沢兵衛の放逐を進言する者も出てきかねない。

「後ほど、ご家中の筆頭留守居役さまに、新しい妾宅をお選びなさるよう、六郷を通じて申しあげておきましょう」

「そ、そのお気遣いは無用」

小沢兵衛が顔色を変えた。

「いやいや、ご遠慮なさいますな。貴殿は堀田家では新参でございましょう。新参はなかなか願いを口にできぬもの。わたくしも新参でございますれば、よくわかります る」

数馬がさらに重ねた。

「無用と申した。要らぬ口出しはご遠慮いただきたい」

強い口調で小沢兵衛が拒んだ。

「では、外様留守居役会へだけ、お話をいたしましょう」

「な、なんの……」

いきなり数馬から出た外様留守居役に小沢兵衛が慌《あわ》てた。

「伺ったところによりますと、小沢どのは昨今外様留守居役の方々と親密に会合をなされているとか。妾宅をお空けになられることもしょっちゅうだとか。主《あるじ》のいない妾宅は、男手がございませぬので、あのような無頼にとってかっこうの獲物。なにかあっては困りますからな。会合はできるだけ昼間で終わるよう、お気配りをなされと……」

「き、きさま……」

ようやく小沢兵衛が数馬の意図に気づいた。

「なんのお話でお集まりに」

数馬は問うた。

「…………」

小沢兵衛が黙った。

「佐奈、お暇《いとま》をするぞ」

「はい」

しつこく問わず、数馬は腰を上げた。

「ま、待て」

あっさりとした数馬に、小沢兵衛が慌てた。

「佐奈、何刻かの。今は」

小沢兵衛を無視して、数馬は佐奈に訊いた。

「そろそろ八つ（午後二時ごろ）かと」

佐奈が答えた。

「八つか。今から大手門前を訪ねるのは、まずいか。ご老中方の下城と重なるな」

江戸城大手門外、かつて大老酒井雅楽頭が使っていた上屋敷は綱吉によって取りあげられ、堀田備中守へと与えられていた。

多忙な老中だが、その執務は八つまでと決められていた。もちろん、刻限すぐに全員が下城するわけではなく、役人との打ち合わせをしたり、将軍へ報告したりと、まずれるが、表向きはそうであり、八つ近くに大手門付近をうろつくのは、遠慮するべきとされていた。

「では、明日にでもご都合を聞いて、出向くとしよう」

「瀬能……」

明日までに事情を明かさなければ、堀田家上屋敷を訪ね、話をすると脅す数馬に、小沢兵衛が歯がみをした。

「お邪魔をした。参るぞ」

数馬は佐奈を促して、小沢兵衛の妾宅を後にした。

「……させぬ。させぬぞ。ようやく外様留守居役と顔つなぎができ、そろそろ実際の話に入ろうとしているときに……金を、金を吾が手にできる好機を無にしてたまるか。おい」

小沢兵衛が妾を呼んだ。

「出かける、用意を手伝え」

「……はい」

血相を変えた小沢兵衛に、妾が震えながら羽織を着せかけた。

第五章　光と闇

一

　栄井田は会津《あいづ》藩がまだ山形にあったころから留守居役《るすいやく》を務めていた。家柄も高遠《たかとお》以来の譜代で、家中でも重い扱いを受けていた。

「隠居どの、おられるか」

「これはご家老さま。なにか御用でございますかな。お呼びくだされば、こちらから参上いたしましたものを」

　訪ねてきた江戸家老保科玄蕃丞《げんばのじょう》を栄井田がていねいに迎えた。

　名前からもわかるように保科玄蕃丞は、藩主一門の門閥《もんばつ》家老である。いかに譜代名門で長く留守居役として保科家を支えてきた栄井田とはいえ、敬意を表しなければならなかった。

「表御殿では話せぬことだ。留守居役を務めていたそなたの意見を聞きたい」

「……表御殿では話せぬ……いかなことでございましょう」

栄井田が緊張した。

「留守居役の野々村を知っておるな」

「一度、就任の挨拶《あいさつ》をくれました。少し軽はずみなところがあるような気がいたしておりました。野々村がなにか」

「そう感じたならば、そのとき儂《わし》の耳に入れてくれねば困る。いや、隠居したそなたに責任を転嫁しても意味がないな」

一瞬、怒りかけた保科玄蕃丞が、大きく息を吸って落ち着きを取り戻した。

「なにをしでかしました」

留守居役の失敗は、外でのものになる。藩内での失態はもみ消せるが、留守居役の失策は隠しようがなかった。

栄井田の目つきが変わった。

「最初から話そう。ことは国元会津で、国家老の西郷どのが……」

ことの始まりから保科玄蕃丞が語った。

「なんともおろかな。西郷さまは留守居役の意味をおわかりではない」

栄井田が罵《ののし》った。

「ご家老さま、あなたさまも同じでございまする」

「しかしだな、借りがあれば、どのような要求でも呑《の》まねばならぬと聞いたゆえ、そのようなまねは許せぬと……」

叱《しか》られた保科玄蕃丞が言いわけをした。

「一宮もわかっておらぬ。まだまだ筆頭の座は、早かったか。いや、器ではなかったというべきか」

留守居役筆頭も栄井田はこき下ろした。

「ご家老さま。留守居役の貸し借りは絶対。ただし、その貸しの大きさと同等なものまで。どれほど大きな借りでございましょうとも、藩の命運とまではいきませぬ。そのような借り、どうやってもできますまい。藩主公同士の遣《や》り取《と》りならばまだしも、たかが留守居役。用人の格下の約束など、そこまでいきませせぬ」

栄井田が嘆息した。

「そうであったのか……」

保科玄蕃丞が肩を落とした。

「とはいえ、貸し借りは留守居役の根本、五分と五分にかかわりまする。決してないがしろにはできませぬ」

「無視してはいかぬのか」

「なりませぬ。貸しを返さなかったとなれば、どこからも相手をされなくなりまする」

訊《き》いた保科玄蕃丞に、栄井田が首を横に振った。

「他家の留守居役から相手をされずとも困るまい。当家は将軍家の一門で大政参与の家柄ぞ」

「それがいかぬのでございまする。会津が格別な家柄であるのは、将軍が秀忠さまのお血筋の間」

「なにを申す。ご当代の将軍家も秀忠さまのお孫さまである」

保科玄蕃丞が言い返した。

「次もそうだと断言できましょうや。はばかりあることながら、ご当代さまにはお世継ぎさまがおられませぬ。このままいけば、六代さまは御三家から来られることもありまする。御三家さまは秀忠さまのお血筋ではございませぬ」

「そんな先まで考える意味はない」

「いいえ。それを見こして他家とつきあうのが留守居役でございまする。将軍家のお話が不遜《ふそん》だというならば、変えましょう。もし、また当家に大政参与のお役目が回ってきたといたしましょう」

栄井田がたとえを違うものにした。

「大政参与となれば、それこそ、すべての大名が、当家にひれ伏す。他家の機嫌をとる留守居役など不要になろう」

「……………」

言い放つ保科玄蕃丞を栄井田が冷たい目で見た。

「なんじゃ」

保科玄蕃丞が、引いた。

「たしかに大政参与は大老をこえる幕府最高の役目。では、大政参与は誰の協力もなしで務まりましょうか」

「そんなもの、大政参与の権で抑えつければ……」

まだ強気な発言を保科玄蕃丞が続けた。

「無理矢理従えられた者は、最低限のことしかいたしませぬ。たとえば、不作と決まってから報《しら》せてくる。不作になるかどうかは、秋になる前に予測が付きまする。つきあいがあれば、どこからかそういった話は聞こえてきますが、はぶかれた家には一切、その手の情報は入ってきませぬ。当然、後手後手に回ることになりまする。後手の策は、その場凌《しの》ぎにしかなりませぬ」

「……………」

黙って保科玄蕃丞が聞いた。

「凶作への手立てが遅れ、飢饉《ききん》が始まり、諸大名から御上へお救いの求めが来る。そうなってからでは、米の手配もできませぬ。できても米不足を見た商人によってつりあげられた高い米を買うことになりまする。少し早く動ければしなくてすんだ損失と失策。これは誰の責任となりましょう」

「大政参与……」

「さようでございまする。すべての責を負うのも大政参与、いえ、人の上に立つ者の仕事。そうなったとき、会津はどうなりましょう。格別な家柄だといって、無傷ですみましょうか。それで世間が許しまするか。我らが非難されるだけならまだしも、会津を大政参与になさった上様のご評判にもかかわりましょう」

「上様にお傷を付けるわけにはいかぬ」

保科玄蕃丞が大声を出した。

「そのようなことになれば、我らが藩祖正之さまのご墓前で腹切って詫《わ》びてもたりぬ」

会津藩の始祖と言われる保科正之は、己《おのれ》を重用してくれた異母兄家光を強く尊敬し、その死に及んで、本家たる将軍家への忠誠を第一にしろと遺言していた。将軍家を軽んじる者は吾《わ》が子孫にあらずとまで、言い切ったそれは、会津藩の根本として根付いている。

「他人とつきあわぬというのは、目と耳を塞《ふさ》ぐも同然。どうぞ、留守居役の任を重きものとお考えくださいませ」

栄井田が締めくくった。

「わかった。今後は気を付ける。で、どうすればよい」

今回の始末の仕方を保科玄蕃丞が尋ねた。

「一宮はどういたしておりまするか」

「謹慎させた」

苦い顔で保科玄蕃丞が答えた。

「やむを得ませぬな」

処置を栄井田は認めた。

「一宮の謹慎を解いて、加賀の六郷どののもとへお遣《や》りくださいませ」

「詫びをさせるのだな」

「いえ。まずは野々村の作った借りを返しまする。それをすまさねば、話は始まりませぬ。まったく、招いておきながら宴席の代金を支払わせるなど、言語道断。新たな借りを作ってどうするのか、あやつは」

野々村の醜態を栄井田が断じた。

「わかった。一宮にさせよう。で、西郷どのが作った借りはどうする」

根本を保科玄蕃丞が訊いた。

「向こうに預けるしかございますまい。もうこちらから値切るわけには参りませぬ」

「だがの……」

「ご家老さま」

まだ渋る保科玄蕃丞に、栄井田が険しい顔を見せた。

「これ以上の恥をさらすおつもりか。加賀が三日といった意味をおわかりではない」

「期限を切るなど無礼だとしか思わなかったが……」

保科玄蕃丞が怪訝《けげん》な表情を浮かべた。

「三日以内に対応しなければ、今回のことを他藩の留守居役たちに報《しら》せて回るという意味でございまする」

「それはっ……」

たった今、八分にされた藩の運命を聞かされたばかりである。保科玄蕃丞が慌てた。

「借りを三つも作ってしまったのでございまする。一つずつ返して、こちらの誠意を見せねばなりませぬ」

「わかった。すぐに一宮を行かせよう」

「わたくしからも手紙を出しておきましょう。加賀の六郷どのとは、かつて摩須姫《ますひめ》さまのお輿入《こしい》れのおり、なんどか打ち合わせのために会っておりまする。まんざら知らぬ仲ではなし」

こちらでも手を打っておくと栄井田が告げた。

「頼んだ」

急いで保科玄蕃丞は、栄井田のもとを離れた。

「まったく、野々村の愚か者め。どうしてくれようか」

保科玄蕃丞が、野々村を罵倒《ばとう》した。

留守居役というのは隠居してからも縁が続くことが多い。これは、俳句や囲碁、将棋など共通の遊びを持つからであった。

囲碁の趣味はつきあいが深い。勝負事で好敵手ほどうれしい者はないからである。一方的に負け続けた相手に会いたいと思う者は多くないが、同格の相手となれば、仕事を離れても一局かわしたくなる。

「六郷どのに詫びをするにしても、手ぶらではの」

栄井田は留守居役の流儀をよくわかっていた。

「三日、いやもう二日ないな」

呟《つぶや》いた栄井田は手を叩《たた》いた。

「誰かおらぬか」

「これに」

すぐに隠居付の家士が顔をだした。

「浜の伊達家まで行ってきてくれ」

「園部《そのべ》さまでございますな」

「うむ。お手すきならば、一局いかがとな」

「わかりましてございまする」

家士が出ていった。

「……空いていてくれよ」

栄井田が祈った。

なんとか栄井田の願いは届いた。

「いや、遅くなった」

伊達藩留守居役の園部が栄井田の隠居所を訪ねてきた。

「不意に申しわけなかった。お役目に差し支えなんだかの」

栄井田が詫びた。

「いやいや。どうせ、宴席は夕刻からじゃ。ゆっくりはできぬが、一局くらいならばどうにかなる。いざとなれば、ここから吉原へ向かえばすむしの」

園部が笑った。

「たしかにの。どこから行こうが吉原は、吉原じゃ」

やはり頬《ほお》を緩めながら、栄井田が碁盤を用意した。

「白をお遣《つか》いあれ」

「やれ、どうしたのだ。かならず白を欲しがる栄井田どのには珍しい」

園部が驚いて見せた。

「なに、主人として、呼び出した客への心遣いじゃ」

「ならば心遣いついでに、勝たせてもらおう」

「ぬかせ」

二人は石を置き始めた。

「……で、なにが訊きたい」

二十手ほど進んだところで、園部が口を開いた。

「加賀どのについて、なにかないかの」

長年のつきあいである。栄井田は遠慮しなかった。

「なるほど。貴家と加賀は縁があるな。一つだけあるぞ」

「聞かせてくれ」

栄井田が頼んだ。

「最近だが、ご老中堀田さまの留守居役が、外様の留守居役と宴席を開いている。当家も誘われた」

「備中守《びっちゅうのかみ》さまの……」

「うむ。しかし、前田家だけは誘われていないという」

「ほう」

栄井田が驚いた。

「なんのための宴席かは……」

「それは言えぬ」

「だの。忘れてくれ」

追及した栄井田は、謝罪して引いた。

「これでよいか」

「十分じゃ。だが、返すものがない」

「隠居だぞ、おぬしは。留守居役ではないのだ。留守居役でない者との間に、貸し借りは成り立たぬ」

園部が首を横に振った。

「かたじけない」

栄井田が頭を下げた。

「今度、一杯奢《おご》れ」

「承知した。おぬしの好きな品川で、魚釣りをしながら一献傾けよう」

「それはよいな。鯛《たい》を喰《く》いたい。春の鯛は子持ちでうまい」

「春か。あまりときはないな。わかった。急いで手配しよう」

栄井田が、黒石を盤上に置いた。

「むっ……それは厳しい」

園部が唸《うな》った。

二

妾宅《しょうたく》を出た小沢兵衛は、表通りではなく行き止まりになっている辻《つじ》の奥へと進んだ。

「………」

辻の突き当たりは小さな寺である。小沢兵衛の妾宅は、その門前町でかつて店を開いていた商家の跡であった。

無言で山門を潜《くぐ》った小沢兵衛は、そのまま本堂へと上がった。

「どなたかの」

本堂で勤行をしていた老僧が、読経を止めた。

「坊主のまねは止めろ」

不愉快そうに小沢兵衛が言った。

「霊験あらたかな不動明王さまをお祀《まつ》りしている当寺の住職だからの」

にやりと僧侶が笑った。

「笑うな。失敗したくせに……」

小沢兵衛が怒りで震えた。

「落ち着け。怒りは寿命を縮めるぞ」

僧侶が宥《なだ》めた。

「高い金を取っておきながら……」

「すまなかった」

すなおに僧侶が詫びた。

「金は返す」

「それですむと思っているのか」

小沢兵衛が怒鳴りつけた。

「……思ってねえよ」

僧侶の口調が変わった。

「この武田法玄《ほうげん》の顔を潰《つぶ》してくれたんだ。手下を六人もやられて見逃したら、今後江戸で仕事をしていけねえ」

禿頭《はげあたま》を真っ赤にして、武田法玄と名乗った僧侶が怒った。

「おまえの顔などどうでもいい。失敗の償《つぐな》いをどうするのかと聞いている」

小沢兵衛が厳しく問うた。

「けじめの一つは、ここにある」

武田法玄が、拝んでいた本尊の前を示した。

「……位牌《いはい》」

「俗名秘蔵のな」

怪訝な顔をした小沢兵衛に、武田法玄が告げた。

「殺したのか」

「役立たずは、娑婆《しゃば》ふさぎなだけだからの」

武田法玄が応じた。

「そっちのことはどうでもいい」

小沢兵衛が手を振った。

「女を殺す」

低い声で武田法玄が宣した。

「やむを得ん。女はいいが、男は殺すな」

小沢兵衛も受け入れた。

「約束はできぬ。女をかばうようならば……」

「だめだ。それだけは許さぬ」

強く小沢兵衛が拒んだ。

加賀藩前田家に残してきた伝手《つて》を使い切らざるを得なくなった小沢兵衛にとって、数馬は大きな獲物である。加賀藩前田家の留守居役のなかで、数馬だけが小沢兵衛へ憎しみを抱いていない。他の者は、顔を合わすことさえしない。そして、それが許されている。留守居役の移籍は、もとの藩の中身をすべて知られたも同然であり、あらゆる外交の思惑、手段などが筒抜けになる。つまり、すべてが一からやり直すことになる。その手間たるや膨大なものだ。それこそ、一時的に藩の外交が完全に麻痺《まひ》してしまう。

逆に言えば、留守居役を一人引き抜くだけで、その藩に大打撃を与えることができた。

これを許していては、外交など無茶苦茶になる。

表向きは仲が良かったのに、じつは虎視《こし》眈々《たんたん》と足を掬《すく》おうとしていただとか、窮地《きゅうち》に手をさしのべながら、じつはその窮地を画策していただとかが、筒抜けになる。

さすがにこれはまずい。外交はすべて笑顔の裏でおこなわれなければならない。幕初、留守居役の引き抜き合戦があった結果、大名たちの間で合戦に近い行動まで波及しかけて、ようやくこれはまずいとなり、禁じ手に指定された。

留守居役、あるいはもと留守居役の引き抜きはしない。もし、やったならば近隣組、同格組、外様組など関係なく、すべての留守居役組からその藩は八分になる。成文化はされていないが、暗黙の慣例であった。

では、なぜ堀田家が八分にならなかったのか。

小沢兵衛を仕官させたが、これは前田家を逐電《ちくでん》し、浪人となってからのことで、引き抜きにはあたらないからであった。

もちろん、堀田備中守が五代将軍擁立《ようりつ》の立役者であり、酒井雅楽頭《うたのかみ》に取って代わる権力者になったからというのもある。

とはいえ、加賀藩前田家は別であった。小沢兵衛と話をしなくとも、どこも咎《とが》めれないのだ。藩を売った男と親しく宴席ができる。それこそ留守居役の鑑《かがみ》であろうが、一人の武士としてできるものではない。

「加賀藩前田家の留守居役は、藩の金を奪って逃げるていどの者でも務まる」

小沢兵衛のやったことは、前田家の留守居役の名前を地に落としたのである。名前を大切にする武士にとって、これ以上の屈辱はなかった。

「許さぬと言われてもな」

厳しい顔で、武田法玄が懐《ふところ》から金を出した。

「これを返す」

「だから、金を返しただけですむ問題ではなかろう」

「六十両ある」

「……六十両。払ったのは十五両だったはずだ」

出された大金に、小沢兵衛が驚いた。

こういった闇の仕事は、最初に半金、終わってから残り半金が決まりであった。

「仕事を途中で辞めるときは、倍返しが決まり。三十両の仕事を請《う》けたならば、どこで中断しても六十両返す」

「……むっ」

小沢兵衛が唸った。

「それにあと十両足す」

七十枚の小判を武田法玄は置いた。

「これでなにもなかったことにしてくれ」

「他言するな……か」

「…………」

無言で武田法玄がうなずいた。

六十両の倍返しだけでは、失敗の吹聴を止められなかった。三十両は、仕事を中断することによる不利益の弁済でしかなく、不手際の口止めまでは含まれていない。

「ふむう」

小沢兵衛が悩んだ。

七十両は微妙な金額であった。一両あれば庶民が一ヵ月生活できる。とはいえ、これは長屋の家賃を払って、米を買い、菜を購《あがな》うだけで、衣服を新調する、酒を呑む、若い女を囲うなどの贅沢《ぜいたく》は入っていない。こぎれいな一軒家を便利なところに借り、若い女を妾《めかけ》として愛玩《あいがん》し、女中を一人雇って家事を任せ、毎日酒を飲み喰らう生活をとなれば、月に五両はかかってしまう。七十両で一年少ししかもたなかった。

「これでだめだというならば、縁切りだな」

武田法玄がだめを押した。

「縁切り……」

小沢兵衛が険しい顔をした。

世間の裏には裏の義理がある。小沢兵衛の住んでいる家は武田法玄の縄張りである。縄張りに住んでいる住人に、他所《よそ》からの手出しは許されない。別の縄張りの頭目が、小沢兵衛を殺すように依頼されたとき、この縄張り内にいる限り、武田法玄への挨拶が必須であった。縄張りの外で遊んでいる小沢兵衛を殺しても問題にはならないが、もし、家へ押しこむだとか、出てきたところをとか、挨拶抜きで縄張り内でことを起こせば、武田法玄との全面抗争になった。

そして、小沢兵衛は失敗したとはいえ、武田法玄の客になっている。もし、そういった他からの挨拶があれば、武田法玄は小沢兵衛に注意をする。顧客保護は、どの商売でももっとも重要なことだからだ。そこで金を出して、身辺警固《けいご》を頼むかどうかで、そこからの対応は変わる。なにもしなければ、教えるだけで一切手出しはしないが、知らされるだけでも大きい。

ただし、縁を切られれば、それもしなくなる。どころか、武田法玄が引き受けて、小沢兵衛を襲いかねなかった。

「わかった」

すばやく小沢兵衛は損得を計算した。

「わかっていただけたようで、善哉《よいかな》、善哉」

武田法玄の表情がやわらいだ。

「では、いただこう」

小沢兵衛が小判に手を伸ばした。

「一つ、お教え願えませぬかの」

僧侶の体《てい》に戻った武田法玄が小沢兵衛を見た。

「武《たけ》と仁《じん》の二人が、喉《のど》に火箸《ひばし》のようなものを喰らっておったのでございますが……」

「火箸……瀬能がそんなものを遣うのを見たことはない。聞いたこともないな」

小沢兵衛が首を横に振った。

「では、女が……」

「女が……」

武田法玄のつぶやきに、小沢兵衛も思案した。

「小沢さま。あなたとのお付き合いもずいぶんと長うござる。あれは七年前でしたか。茶屋の女に手出しをしたら、それが地回りの妹で、脅《おど》しあげられていたのをお手伝いして以来」

「それを言うな」

昔話をし出した武田法玄に、小沢兵衛が嫌な顔をした。

「前田家を去られた後、新たな妾宅をお求めだと伺《うかが》い、そこをお世話もいたしました」

「わかっておる。おぬしの縄張りゆえ、安心して殿をお招きできた。少なくとも無頼は入って来ぬし、配下の者たちはしっかり押さえられている」

小沢兵衛が認めた。

「恩を感じてもらっても良いと思いますが」

「……恩。因果応報のまちがいだろうが……」

苦笑しながら小沢兵衛は口を開いた。

「これは確かな話じゃない。あくまでも噂《うわさ》というか、伝説のようなものだ」

「けっこうでございますよ。そういった話こそ、拙僧の好むところで」

武田法玄が促した。

「……あの男の妻がな。国元の筆頭宿老の娘での。その筆頭宿老の家臣に、かつて直《なお》江山城守《えやましろのかみ》が重用したといわれる上杉忍《うえすぎしのび》の末がいるとか」

「忍……今の世に伊賀者以外にもいたとは」

武田法玄が感心した。

「我が先祖、武田信玄も甲州忍《こうしゅうしのび》を遣ったとか」

「いい加減なことを言うな。武田信玄公の末が、こんなところで破戒坊主などしているはずはなかろうが」

貴種だという武田法玄に、小沢兵衛があきれた。

「違うという証拠もございませんでな」

ひょうひょうと武田法玄が笑った。

「できるだけ、男は殺さぬようにしてくれ。これは依頼ではない」

「気遣いというやつでございますな」

小沢兵衛の求めに、武田法玄が合掌《がっしょう》した。

三

参勤交代までに数馬の顔見せをと五木は、近隣組の会合をなんとか遣《や》り繰《く》りして開催した。

「日にちと、各家の留守居役どののたちへの根回しはしておいた。あとは、一人でやって見せよ」

「一人で……」

「当たり前じゃ。参勤留守居役は一人で役目をこなさねばならぬのだぞ。その顔見せに、随伴《ずいはん》がいてどうする。独り立ちできぬような若輩者を寄こすなど、無礼にもほどがあると怒りを買うわ」

五木が数馬を叱咤《しった》した。

「注意すべき家はそうない。絡んでくるのは、鳥居家くらいであろう。なんとかして姫を殿の継室にと思っているようだからな」

「まだ早いと殿が制止されているでよろしゅうございますな」

「それでいい。きっぱりと断ってしまえば、どのような嫌がらせを参勤でされぬとはかぎらぬでな」

確認した数馬に、五木が首肯《しゅこう》した。

「では、行って参りまする」

急な宴席というのもあり、いつもよりも開始が早かった。というより、後に控えた宴席のある今日の昼間しか、近隣組の都合が付かなかったのだ。

吉原の昼見世は八つ（午後二時ごろ）からであった。宴席は、八つ過ぎから京町の揚屋信濃屋で開かれる。さすがに急すぎて、吉原一の揚屋京屋に席が取れなかったのだ。

「西田屋、任せる」

大門が開く前に潜り門から吉原に入った数馬は、西田屋甚右衛門に頭を下げた。

「はい。お任せを。それと当日になりましたが、これが先日お話をいたしました西田屋の格子女郎の稲穂でございまする」

「稲穂でありんす。よろしゅうお見知りおきを」

西田屋甚右衛門の隣に控えていた遊女が、しなを作った。

「瀬能数馬でござる。よしなに頼む」

数馬も応じた。

吉原では遊女が主人である。金で買ったからといって横柄な態度をすると、遊女に嫌われた。

「あい。主《ぬし》さま」

稲穂が、立ちあがって数馬の隣に移った。

「瀬能さま、宴席は稲穂にお任せくださいませ。いささか歳を重ねておりますが……」

「きみがてて」

年齢のことを言われた稲穂が、冷たい声を出した。

「これはすまなかったね」

詫びた西田屋甚右衛門が続けた。

「そのぶん、宴席を仕切った経験も豊富。なにより、西田屋の遊女で、稲穂に逆らえる者はおりませせぬ」

「まあ、わちきが怖い女のように。そのようなことはありんせん。主さま」

もう一度稲穂が苦情を言い立てた。

「たしかに、そうは見えぬな」

小柄な身体《からだ》付きに、幼い顔の稲穂に、数馬はうなずいた。

「あれ、うれしや」

稲穂が数馬の左手を胸に抱えこんだ。

「……うっ」

柔らかい感触と薫《た》き込められた香の薫りに、数馬はたじろいだ。小沢兵衛に妾と紹介してから、やたらと佐奈が距離を縮めてきており、あるていど慣れてはいたが、それでも直接の接触は未経験であった。

「さて、そろそろ信濃屋さんへ」

「うむ」

「あい」

西田屋から信濃屋へと数馬と稲穂は移動した。

信濃屋は商人の贔屓《ひいき》が多い。そのため、最奥の座敷は日本橋の豪商を迎えるにふさわしいだけの造作をしていた。

「加賀どのの宴席にしては、いささか軽いの」

「急なことでござったからの」

連れ立ってきた近隣組の留守居役たちが文句を言いながら、信濃屋の暖簾《のれん》を潜った。

「加賀さまの宴席に招かれてきた」

腰のものを外しながら、留守居役たちが告げた。

「お待ちしておりました。お二階の奥の間でございまする。どうぞ」

信濃屋の男衆《おとこし》が、留守居役たちを案内した。

「お見えでございまする」

「お入り願ってくれ」

襖《ふすま》の外からの声に、下座で控えていた数馬は応じた。

「お招きにあずかり、遠慮なく参上した」

「お邪魔をする」

口々に挨拶をしながら、留守居役たちが座敷へ入ってきた。

「ご足労いただき、まことにありがたく存じまする」

数馬は手を突いた。

留守居役の宴席で楽なのは、席順が決まっているということだ。留守居役の地位に長くいるものから順に上座へと腰をおろしていく。

宴席を設けた側は、先達《せんだつ》としての地位にかかわりなく、下座に付く。これで一々、上座を譲り合うという無駄な手間は喰わずにすんだ。

「本日は……」

招待客が揃《そろ》ったところで、数馬は宴席を始めた。

「瀬能氏と申したかの。ずいぶんとお若いが」

最先達がさっそく数馬に絡んできた。

「殿の御命により留守居役を拝命いたしました。いたりませぬが、先達の皆様方のご指導をたまわり、日々精進をいたして参る所存でございまする」

「我らの指導というか。なかなかじゃの」

先達が感心した。

いくら留守居役は先達が神だとはいえ、同格組合ではない近隣組合では、石高や家格が影響する。百万石の前田家に表立って喧嘩《けんか》を売るだけの度胸は、どこにもない。せいぜい、細かい嫌がらせをしたり、慣例に沿わないまねをしたら嘲弄《ちょうろう》するくらいである。そこに先達の指導を受けたいと言われては、無理なまねはできなかった。

「どうぞ、お過ごしを」

すかさず稲穂の合図を受けた西田屋の格子女郎が、先達の盃《さかずき》に酒を注いだ。そのとき、立てていた片膝《かたひざ》を少し外へ倒す。裾《すそ》が割れて、ふとものの付け根まで見えた。

「おう」

先達がにやけた。

「お強いお方は、好ましいでありんすえ。お酒だけやなく……」

別の遊女が、他の留守居役の耳元で囁《ささや》いた。

「強いぞ、拙者《せっしゃ》はの。後で身に染みさせてやるわ」

言われた留守居役が遊女の懐へ手を入れた。

あっというまに座は崩れた。

「……………」

留守居役たちが晒《さら》す醜態《しゅうたい》にあきれながらも、数馬は安堵《あんど》していた。

「瀬能氏《うじ》」

そこへ鳥居家の留守居役高元《たかもと》が近づいてきた。

「お楽しみいただいておりましょうや」

数馬は下手に出た。

「うむ。久しぶりによき心持ちであるが……」

酔っている風もなく、高元が数馬を見た。

「是非《ぜひ》ともご貴殿に伺いたいことがござってな」

「なんでございましょう」

「前田公のご継室についてである。当家の姫をお迎えいただきたいと主君が申しておりましての」

高元が言い出した。

「あいにく、拙者はそのお話をご返事できる立場ではございませぬ。本日は参勤にわたくしが付いて参りますことをお知らせするだけの会なれば、以外のお話はご遠慮いたしたく」

数馬は返答を拒絶した。

「ほう、貴殿はそのていどの役目だけだと」

高元が蔑《さげす》むような目で数馬を見た。

「継室のお話をすることもできぬていどの輩《やから》に、参勤を仕切れますかの」

「…………」

少し大きな声を出した高元に、周囲が静かになった。

数馬は一度大きく呼吸をした。挑発に乗るわけにはいかなかった。そして、無礼な言動ではあるが、高元は数馬よりも先達になる。一度廃藩になり、お情けで高遠に封じられた鳥居家は、近隣組合では新参であり、他の留守居役にはとても高圧な態度に出られないが、若い数馬ならば、反論できまいとしての行動であった。

「ふむ」

遊女の懐で乳を弄《もてあそ》んでいた留守居役たちが、手を抜いて注目した。

「あいにく、わたくしでは殿が、どのような姫さまをお好みになるか、推察もできかねまする」

数馬は綱紀の女の好みまでは聞いていないと返した。

「むっ」

高元が詰《つ》まった。

それくらい家臣として知っておけと咎め立てれば、ならばおまえは知っているんだなと言い返されるのは確実である。知っていて当然だと言いつのることはできるが、他の留守居役たちはどうだと、数馬が問うたならば、一気につごうが悪くなる。

たしかに婚姻《こんいん》相手との交渉を担《にな》うのも留守居役だが、大名の婚姻は家と家のものであり、男女の好みには繋《つな》がらない。

好みを聞いた段階で、高元の話は家と家の問題ではなくなり、男女のことに落ちる。そして落としてしまえば、殿のお好みとはいささか違うようでと言われて終わりになる。

「我が家の姫に文句があると言うか」との難癖《なんくせ》は、家と家だからこそ通じる。

「それに……」

黙った高元に、数馬は追い討ちをかけた。

「当家にご縁談のお話をとならば、鳥居さまが席を設けて下さらねば……」

他人の金で用事をすませようとするなと数馬は暗に責めた。

「たしかにそうじゃの」

最先達が声を出した。

「この宴席は、瀬能氏の参勤留守居役就任のお披露目である。それ以外の話題は、相手が了承したならば別だが、無理強《じ》いはいただけぬぞ」

「…………」

たしなめられた高元が黙った。

「手が止まってるでありんすよ」

すかさず稲穂が、遊女たちに酒を注げと命じた。

「あい。どうぞ」

「お過ごしやして」

遊女たちが、すぐに動いた。

「後日、あらためて」

無念そうに高元が自席へと戻っていった。

「助かった」

隣にいる稲穂に、数馬は小さな声で礼を述べた。

「思ったよりもやる」

最先達が隣の留守居役に囁いた。

「でございますな」

隣の留守居役も同意した。

「まあ、高元がつかいものにならぬだけとも言えますが」

小さく隣の留守居役が笑った。

「あのまま引っこんでいると思うか」

最先達が顎《あご》で高元を示した。高元は付いている遊女から片口を奪い取り、手酌で酒を呷《あお》っていた。

「いいえ」

隣の留守居役が首を横に振った。

「よほど追いつめられておるのでしょう。きっとなにかしでかしましょう」

「鳥居家から前田家に接待を申しこむことはないか」

尋常の手段を取るかどうかを、最先達が訊いた。

「ございますまい。鳥居家はかなりの無理をして、旧禄復帰の働きかけをしておるとか。老中方への接待、付け届けが毎日だと聞きました。三万石そこいらで、そのようなまねをして、金が続くはずもございませぬ」

隣の留守居役が否定した。

「そういえば、長く鳥居家主催で近隣組合の宴席がないな」

思い出したとばかりに、最先達が述べた。

「昨今、前田家のお誘いが多く、我らもあまり宴席を開いておりませぬ」

「それでも、先日、貴家よりお招きをいただいたぞ」

　最先達が言った。

「あれは、当家の若君の元服を祝ってのものでございましたので、同格組のお方をお誘いいたしました」

「そうであったの。我が家と貴殿の主家は同格であったな」

　最先達が納得した。

「考えてみれば、加賀の前田家は裕福じゃな。近隣組だけで十日に一度は宴席を開いておる。同格組はさすがにそこまでではなかろうが、それでもかなりの金を遣っていよう」

「わたくしどもは参加できませなんだが、吉原の三浦屋を総揚げにしての紅葉狩りなど、長く語りぐさになりましょうな」

「あれか。まことにうらやましいかぎりだが……」

　最先達が声を潜《ひそ》めた。

「そのような派手なまねをするから、前田家は目をつけられる。どこも金に苦労をしているのだ。有り余る財力を見せつけられては……の」

　不満そうな顔をし続けている高元を最先達が見た。

「たしかに。余っているなら、少しくれてもいいと思うのが人でござる」

隣の留守居役も首肯した。

宴席は半刻《はんとき》（約一時間）余りでお開きになった。

「お別れの挨拶は、いたしませぬぞ。次がござるゆえ」

引き続き宴席があると、遊女の手を引きながら留守居役たちが個室へと移動した。

「拙者はこれで」

高元は女を求めず、去っていった。

「なにか失敗でも」

「気にしなくてよろしいでありんすえ。他人《ひと》さまの宴席で座を壊すようなまねをなさったお方なんぞ」

担当していた遊女がうろたえたのを、稲穂が慰めた。

「すまなかったの」

数馬は稲穂に礼を述べた。

「いえいえ。わちきこそ、閨《ねや》にお供できず、申しわけありんせん」

稲穂が詫びた。

吉原のしきたりであった。数馬は宴席の招待客ではなく、西田屋の客として仕切った。

客が馴染《なじ》みになるには手順を踏まなければならず、馴染みにならない限り遊女を抱くことはできなかった。

「いや、しきたりならばいたしかたない。次が裏を返すであったな」

「あい。二度目の逢瀬《おうせ》は、揚屋でおこないまするが、その日も……」

申しわけなさそうに稲穂が目を伏せた。

吉原は客と遊女を夫婦に見立てる。最初が見合い、二度目が結納、三度目が初夜となる。

数馬と稲穂は本日が初顔合わせであり、あと二度通わなければ馴染みにはなれなかった。

「承知した。が、一度参勤で金沢まで戻らねばならぬ。次はかなり先になる」

参勤交代は一年ごとである。一年江戸で過ごした大名は、翌年国元で過ごす。藩主に数馬が従うならば、次、江戸へ出てくるのは、しっかり一年先であった。

「お待ちいたしているでありんす」

期間は問題ではないと稲穂が首を横に振った。

「では、払いは藩邸へ回してくれ」

数馬は稲穂に別れを告げた。


さすがに吉原へ行くのに従者は引き連れない。石動庫之介は、数馬の長屋で薪割《まきわ》りにいそしんでいた。

「買いものに出かけまするが、なにかご入り用は」

佐奈が石動庫之介に問うた。

「別段ないが、供をいたそう。荷物を持たねばなるまい」

石動庫之介が、鉈《なた》を置いた。

瀬能家は千石取りである。国元が本拠で、数馬は江戸へ派遣された形であり、仮住まいだとはいえ、本来ならば数名の中間《ちゅうげん》、小者がいて当然であった。

「しばしお待ちを」

国元の瀬能家は、佐奈と数馬の仲を進めたいと考える本多家の求めに応じ、新たな従者の派遣を止めている。すでに江戸へ来てかなりになるが、未《いま》だ瀬能家は人手不足であった。

「お願いをいたしまする」

重いものを買う予定だったのか、佐奈が石動庫之介の提案を受けた。

本郷《ほんごう》の加賀藩前田家上屋敷の周囲には武家屋敷が多い。となれば、その武家を相手に商いをする店もできてくる。

「……これを」

佐奈は茶碗や湯飲みなどを大量に購入し、荒縄にくくられたそれを石動庫之介へ預けた。

「妾宅の分でござるかの」

「はい。殿のお話では、妾宅といえども、数名のお客さまをお迎えすることがあると」

石動庫之介の問いに、佐奈が大量に器を購入した理由を答えた。

「なるほど。たしかに留守居役とはいえ、何人もの他家の者を屋敷の長屋に招くのは難しい」

石動庫之介が納得した。

「次は、少し遠回りになりまするが……」

佐奈が小さく目配せをし、屋敷から離れる方向へと進み出した。

「どこでもかまわぬぞ」

応じながら、石動庫之介が続いた。

「ここらでよろしゅうございましょうか」

「だの」

武家屋敷に囲まれた路地で佐奈が足を止め、石動庫之介がうなずいた。

「わたくしに御用でございますか」

佐奈が振り返った。

「……さすがは女忍だな。初めて見るが、なかなかに遣う」

「うむ。我らのことを知りながら誘い込むとは、よほど腕に自信があると見える」

「…………」

路地の入り口から、三名の浪人者が近づいてきた。

「先日の無頼どもの一味」

女忍と当てられたことで、佐奈は気づいた。

「頭もまんざら馬鹿ではなさそうだ」

三人の中央に立つ背の高い浪人者が感心した。

「まあ、それでも我らには勝てまい。忍は奇道。正道には及ばぬ」

右側の小太りな浪人者が笑った。

「…………」

無言で左側の浪人者がうなずいた。

「さて、そこな御仁《ごじん》よ」

背の高い浪人が石動庫之介に呼びかけた。

「黙って下がってくれれば、なにもせぬぞ」

「当家の女中に御用とあらば、応じるのが当然だ」

敵対しなければ見逃してやると言った背の高い浪人者に石動庫之介が返した。

「我らに勝てると思うのは、どうかの。この高坂弾之丞《たかさかだんのじょう》、剣術でいまだ引けを取ったことがない。そして内藤熊之《ないとうゆうすけ》は膂力《りょりょく》三人力を誇る。さらに土屋鷹吉《つちやようきち》の居合いは、燕《つばめ》をも仕留めるぞ」

高坂弾之丞と己のことを名乗った背の高い浪人者が、小太りの浪人と痩《や》せた左の浪人者を紹介した。

「…………」

石動庫之介が、二間（約三・六メートル）ほど下がった。

「殊勝な心がけじゃ。だが、それではまだ近い。巻きこまれるぞ。あと三間（約五・四メートル）離れられよ」

満足そうに高坂弾之丞が手を振った。

「…………」

武家屋敷の塀際《へいぎわ》に手にしていた陶器の荷を置いた石動庫之介が、佐奈の前へ出た。

「なにをしておるかのう」

「現実を見抜けぬのだ」

あきれた高坂弾之丞に、内藤熊之が言った。

「よいのだな。もう、今から許してくれはきかぬぞ」

高坂弾之丞が確認した。

「ご託《たく》はよいから、さっさとしてくれ。殿のご帰還までに、戻らねばならぬでな」

すっと石動庫之介が太刀を抜いた。

「遣われるか」

左手だけで脇差《わきざし》を鞘《さや》ごと抜いた石動庫之介が、佐奈に尋ねた。

「石動さまのお道具は、少しばかり、重すぎまする」

佐奈が合わないと首を横に振った。

石動庫之介は、戦場剣術と呼ばれる介者《かいしゃ》剣術を遣う。実戦から生み出されただけに、太刀も脇差も打ち合いに耐えられるよう肉厚のものを帯びていた。

「さようか」

うなずいた石動庫之介は、脇差を腰に戻した。

「やる気だな。ならば。鷹、家士を押さえろ。熊、女中の右からだ」

高坂弾之丞が指示した。

「任せろ」

「…………」

内藤熊之と土屋鷹吉が前に出た。

「少し耐えてくれ」

「ご懸念なく」

土屋鷹吉と対峙《たいじ》した石動庫之介の言葉に、佐奈が大事ないと答えた。

「生意気な」

内藤熊之が素手で佐奈へと向かった。

「来い」

石動庫之介は、無造作に土屋鷹吉へと近づいた。

「愚かだの。居合いは鞘内にて勝負を決するというに。鷹の間合いに入った瞬間が、おまえの死だ」

高坂弾之丞が石動庫之介を笑った。

「腕は口で示すものではない。それとも口も技のうちだとでも言うか」

鼻先で笑いながらも石動庫之介の足は止まらなかった。

「…………」

土屋鷹吉が腰を大きく落とし、柄《つか》を摑んだ。

「ずいぶんとためのいることだ」

嘲弄を続けながら石動庫之介が踏みこんだ。

「きえええええ」

まさに鷹の鳴き声のような気合いを発して、土屋鷹吉が太刀を鞘走《さやばし》らせた。

「ふん」

神速《しんそく》とも言える一撃を、なんなく石動庫之介が受け止めた。

「なにっ」

「……つっ」

高坂弾之丞と土屋鷹吉が啞然《あぜん》とした。

「来るところがわかっていれば、どれだけ疾《はや》かろうが、受け止められよう」

肉厚の太刀を身体に沿わせるように立てた石動庫之介が笑った。

「ちっ……」

あわてて土屋鷹吉が、間合いを空けようと後へ跳んだ。間合いを空けて、もう一度太刀を鞘に納めようとした。

「二度もさせるわけなかろうが」

大柄な身体付きからは、似合わない俊敏さで石動庫之介が土屋鷹吉を追った。

「……あわっ」

居合いの型を取る間を与えられなかった土屋鷹吉が狼狽《ろうばい》した。鞘に戻しかけていた太刀を急いで構えるが、すでに石動庫之介の太刀は上段から振り落とされていた。

「ま、待て……」

防ごうと太刀を上げた土屋鷹吉だったが、居合い用に薄く研ぎ澄まされた刀身で、数倍の厚みを持つ石動庫之介の太刀は防ぎきれなかった。

甲高《かんだか》い音を立てて土屋鷹吉の太刀が折れ飛び、そのままの勢いを保ったまま石動庫之介の一撃が食いこんだ。

「ぎゃっ」

頭蓋《ずがい》をへしゃげられて土屋鷹吉が潰《つぶ》れた。

「……こいつ」

高坂弾之丞が、顔色を変えた。

「男は殺すなと言われていたが、もう許さぬ」

腰をひねり、きれいな弧を描いて高坂弾之丞が太刀を抜いた。

「ほう」

その腰の据《す》わりに、石動庫之介は目を大きくした。

「多少は遣えるようだ」

石動庫之介は、緊張することなく、間合いを詰めていった。

「舐《な》めるなよ。樋口念流《ひぐちねんりゅう》をすべて身に付けた拙者に敵はない」

高坂弾之丞が胸を張った。

「剣術に流派での強弱はない。すべては本人の素質と努力。流派の名前に頼るようでは、まだまだだ」

ゆっくりと石動庫之介は首を左右に振った。

佐奈は迫ってくる内藤熊之をじっと待った。

「あきらめたならば、可愛げもあるが……そうではなかろう。女忍」

油断はしていないと内藤熊之が告げた。

「なぜあなたごときに愛想を振りまかなければならぬので。女はただ一人の殿方に、可愛く思っていただくだけで十分」

　佐奈も相手を挑発した。

「きさま……」

　女に馬鹿にされたと内藤熊之が厳しい顔つきになった。

「楽に死なせてやろうと思ったが、精一杯辱《はずかし》めてくれるわ」

　二間まで近づいたところで内藤熊之が足を止めた。

「刀をお遣いではないようですね」

　柄に手を触れようともしない内藤熊之に佐奈が小首をかしげた。

「女ごときに刀など不要」

　そう言うなり、内藤熊之が飛び出した。

「………」

　突っこんでくる内藤熊之の相手をせず、佐奈は後ろへ跳んだ。

「ちっ」

　間合いをふたたび空けられた内藤熊之が舌打ちをした。

「拳撃《こぶしう》ちでございますね」

　しっかりと佐奈は内藤熊之の体勢を見ていた。

「そうよ。この巌《いわお》も砕く拳。当たれば、おまえの骨など粉々じゃ。胴に入れば、内臓は破裂する。顔に喰らえば、二目と見られぬ面相になり、おまえの男でさえ顔を背《そむ》けよう」

内藤熊之が脅した。

「それは困りました。美貌がわたくしの自慢ですのに」

「己で己を美しいと言うか。傲慢《ごうまん》なり、女忍」

脅しにまったく屈していない佐奈をにらみつけた内藤熊之が大きく足を踏み出した。

「はっ」

軽く握った右手を佐奈目がけて突き出した。

「…………」

逃げずに身体をひねって佐奈が避《よ》けた。

「おうら、おら」

続けて左、また右と内藤熊之が繰りだした。

「……はあ」

そのすべてを体術でかわしながら、佐奈がわざとらしいため息を吐《つ》いた。

「忍に無手で挑むとは愚かですね」

「なにをっ」

反発しながらも内藤熊之は佐奈の腹を狙った。

「女の腹を蹴るなど、男としていかがでしょう。女の腹は子を宿す神聖な場所でございますよ。あなたも木の股《また》から生まれたわけではありますまいに」

「ふざけるな」

余裕で避ける佐奈のからかいに、内藤熊之がむかつきを露《あら》わにした。

「くらえっ」

大きく腰をひねって勢いをつけた一撃を、内藤熊之は佐奈の顔へ向けて放った。

「申しあげませんでしたが……」

わずかに首を横に動かして、内藤熊之の拳に空を打たせた佐奈が、その肘《ひじ》を摑んだ。

「放せ……」

肘を決められた内藤熊之が暴れた。

「わたくし美貌よりも、技が自慢なのでございまする」

冷たく告げた佐奈が、内藤熊之の肘を逆にひねり上げ、さらに下へたたきつけるようにして折った。

「ぎゃっ。肘を……きさまああ」

激痛にうめいた内藤熊之が憤怒《ふんぬ》した。

「放せ、放せ」

折った腕をまだ摑んでいる佐奈に、内藤熊之が叫んだ。

「忍を狙う。これは勝って生きるか負けて死ぬかのどちらか。あなたの雇い主を言えば、見逃してあげます。ただし、二度と戦えないよう、両腕、両足をへし折りますが」

「わ、わああ」

折れた腕に力は入らない。右手を摑まれている内藤熊之に逃げ出す術《すべ》はなかった。

「くそ、くそ」

無茶苦茶に左拳と蹴りを繰り出すが、右手が固められていては、その動きに精彩はない。佐奈は苦労せず、そのすべてをいなした。

「誰ですか」

「黙れ……ぎゃあああ」

問うた佐奈を怒鳴りつけた内藤熊之の右膝を佐奈が蹴り砕いた。

「ひいいひいい」

右手と右足をやられてしまえば、もうまともに戦えない。左手だけは使えても、左足は身体を支えるだけになり、蹴りを出せなくなった。

内藤熊之が情けない声を出した。

「あなたに命じたのは誰ですか」

「…………」

三度問うた佐奈に、内藤熊之は無言で応じた。

「では、こちらも」

体重を支えている左足である。咄嗟《とっさ》に動かして避けることはできなかった。

「ぎいいい」

臑《すね》を蹴り折られた内藤熊之が苦鳴をあげた。

「次は喉」

両足が遣えなければ、左手だけでなにもできるはずはない。しかし、佐奈は摑んだままの右手を引っ張り、内藤熊之の顔を近くに寄せた。

「い、言えぬ。言えば殺される」

内藤熊之が必死に首を横に振った。

「ここで死ぬよりは、長生きできましょう。たとえ半日といえども」

酷《ひど》い現実を佐奈が見せつけた。

「それに親切なお人が通りかかってくだされば、医者に運んでもらえるかも知れません。うまくいけば、半日が延びることもありますよ」

佐奈が続けた。

「医者へ連れて行ってくれるか」

「ご冗談を。害しに来た者を手助けする。女は御仏ではございませんよ。どちらかといえば、夜叉《やしゃ》。さあ、どういたしましょう。止《とど》めがご入り用ですか」

「わ、わかった。言う。我らの頭目は武田法玄という坊主だ」

内藤熊之が泣きながら答えた。

「どこにその坊主は」

「わからない。いつも使いの者が命令と金を持ってくる。顔を合わしたことはあるが、どこにいるかは知らされていない」

内藤熊之が必死で訴えた。

「面体はどのような」

「四十がらみの大柄な坊主だ。頭を丸めている。顔は仏の像に似ている」

「大きく柔和な四十歳ほどの坊主ですか。江戸中にいそうですね」

佐奈がなんともいえない顔をした。

「では、その使いの男というのは」

「三十歳ほどの小柄な男だ。名前を山本伊助《やまもといすけ》と言う。あまり特徴がなく、顔立ちなどは説明しにくい。ただ、どちらかは忘れたが、片足が悪い」

痛みの余り脂汗を流しながら、内藤熊之が告げた。

「結構です。では、寝てなさい」

佐奈が握りしめていた内藤熊之の右手を放した。

「ぎゃっ」

地面に落ちた痛みで内藤熊之が悲鳴をあげた。

「石動さまは……」

もう佐奈は内藤熊之を気にもしていなかった。

「一人になったようだな」

佐奈に右手をへし折られた内藤熊之の絶叫を背にして、石動庫之介が高坂弾之丞へ述べた。

「…………」

無言で高坂弾之丞が太刀を構えた。

「高青眼《たかせいがん》か」

臍《へそ》の辺りに柄を置き、切っ先を敵の喉にではなく、目に模《ぎ》すのを高青眼と呼んだ。

「ならば……」

石動庫之介が下段に太刀を落とした。

「行くぞ」

宣した高坂弾之丞が、太刀を大きく振りあげて、足をがに股に開き、腹を突き出す念流独特の形を取った。

「来い」

「りゃああああ」

応じた石動庫之介に向かって高坂弾之丞が太刀を振り下ろした。

「おうよ」

余裕をもって石動庫之介がこれを受けた。

「かかったな」

高坂弾之丞が笑った。

「これぞ念流の秘技、そくひ付けだ」

二人の太刀が切っ先の二寸（約六センチメートル）ほど下で張り付いていた。

「ほう」

石動庫之介が太刀を引けば、高坂弾之丞の太刀は離れず付いてくる。押してもぴたりとくっつき剝《は》がれない。

「そくひとは飯で作った糊のこと。糊でくっつけたように張り付き、相手の太刀の動きを制する。これぞ樋口念流の極意。これにはまっては、なにもできまい」

高坂弾之丞が勝ち誇った。

「芸としては楽しめるが、技ではないな」

石動庫之介も笑った。

「なにを。逃げられるものならば、逃げてみよ」

言われた高坂弾之丞が反発した。

「実際に糊付けしたわけではない。これは相手の太刀の動き出しを感じ、それに遅速なく合わせ、捉《とら》えているように錯覚させているだけ。驚いた相手が焦《あせ》って隙《すき》を生み出したら、そこを突く。それだけだ」

「なっ……」

見抜かれた高坂弾之丞が顔色をなくした。

「たしかに念流を究めた達人にこれをされては、こちらも対応に苦労しようが、きさまていどではな」

高坂弾之丞にも石動庫之介は嘲笑を浴びせた。

「おのれえ、その高慢。地獄で後悔せい」

怒った高坂弾之丞が怒声を発した。

「で、どうしてくれるのだ」

笑いを浮かべたまま石動庫之介が訊いた。

「えっ……」

問われた高坂弾之丞が戸惑った。

「そくひ付けは、後の先の技。どうやって、拙者を攻撃するのだ。すでにそちらの数の優位は崩れ、まもなく佐奈どのがこちらに加勢する。二対一になるわけだ。しかも、おまえの唯一の攻撃手段である太刀は、拙者によって押さえられている。わかっているか、そくひ付けは、相手の武器を制すると同時に、己の武器も使いにくくなるということを」

「あっ……」

佐奈に目をやった高坂弾之丞が息を呑んだ。

「熊……」

ちょうど、内藤熊之が地面に崩れ落ちたところであった。

「く、くそっ。やむを得ん。仕切り直しじゃ」

一人になったと理解した高坂弾之丞が、太刀を引いて逃げようとした。

「なっ、離れぬ」

その動きに、石動庫之介が付いていった。

「そくひ付けだろう。太刀と太刀はくっついたままだな」

石動庫之介が淡々と告げた。

「こやつっ」

高坂弾之丞が蒼白《そうはく》になった。

「佐奈どの」

「どうぞ、もう話は聞きました」

生かして捕らえるかと問うた石動庫之介に、佐奈が不要だと言った。

「ならば……」

「ま、待て。拙者を殺せば、新武田二十四将が黙っておらぬぞ」

高坂弾之丞が狼狽した。

「新……武田二十四将。ああ、それでおまえたちの名前が高坂、土屋、内藤だったのか」

石動庫之介が納得した。

「頭目の名前が武田法玄だそうでございますし」

佐奈が付け加えた。

「な、なぜそれを……熊のやつ」

焦燥した高坂弾之丞が、倒れてうめいている内藤熊之へ目を向けた。

「余所見《よそみ》はいかんな」

あっさりとそくひ付けを外した石動庫之介が、太刀を小さく振るった。

「へっ……」

一撃で首の血脈を刎《は》ねられた高坂弾之丞が血を噴き出した。

「そくひ付けは相手の動きを注視していなければかなうまい」

「あ、あっ、あ」

石動庫之介に言われた高坂弾之丞が言葉にならない音を最後に死んだ。

「さて、戻ろうか」

太刀を拭い、置いておいた陶器を拾いあげた石動庫之介が佐奈を促した。

「こちらのお屋敷に、人が倒れていると伝えて参りますので。どうぞ、お先に」

「そこまでせずとも」

石動庫之介が首を横に振った。

「慈悲ではございませぬ。あの内藤とか申した男が生きているとなれば、武田法玄という坊主への嫌がらせになりましょう」

「なるほどの。己の正体を御上に知られるわけにはいかぬか」

佐奈の言いぶんを石動庫之介が認めた。

「わたくしどもにふたたび手出しをする前に、まず生き証人を片付けねばなりますまい。その間に殿が金沢へ発《た》たれれば」

「殿は安全になるか。ふむ。佐奈どの、畏《おそ》れ入った」

数馬のためだと聞かされた石動庫之介が感心した。

「いいえ。無事に殿を琴姫さまのもとへお届けするのが、わたくしの役目でございますれば。では」

一礼して佐奈が、武家屋敷の門前へと向かった。

「やれ、あれほどの女忍を使いこなすお方を妻に迎えられる。殿では、勝てぬな」

小さく嘆息した石動庫之介は、人が寄る前にその場を去ろうと足を速めた。

六郷は久しぶりに呼び出された会津家もと留守居役栄井田と浅草門前町の茶店で会った。

「なにも言わず納めて欲しい」

栄井田が切《き》り餅《もち》を一つ差し出した。

「馬鹿は藩を放逐《ほうちく》された。まことに申しわけなく思う」

「ご隠居が出てこられるとはの」

六郷が苦笑した。栄井田は六郷よりも先達で、会津保科家と加賀前田家の婚姻では、いろいろと世話になっていた。

「一宮が泣きついて参った。何度お願いしても目通りがかなわぬと」

栄井田が留守居筆頭から頼まれたと伝えた。

「貴殿に出られてはなあ」

一宮からの要求はなにかをわかっている。会えば、相手の家格から少しは譲歩しなければならなくなる。六郷は前田家の留守居役全員に、会津家との接触を禁じていた。

「こういう形で、六郷どのとお会いしたくはなかったが……」

栄井田も苦渋に満ちた顔をした。

「これも急に大きくなった藩の弱みだな」

「ご同情申しあげる。が、それとこれは」

「わかっている」

許さないと言いかけた六郷を栄井田が制した。

「代償なしになかったことにしろなどと言えば、儂はあの馬鹿と同じになる」

栄井田が首を横に振った。

「代償……なにか」

六郷が興味を示した。

「ご老中堀田備中守さまの留守居役、そう、もと貴殿とかかわりのあった者が、外様大名の留守居役と頻繁《ひんぱん》に会っているという件だ。どことは言えぬが、とある外様大名の留守居役どのから話を聞けた」

「……それは」

六郷が身を乗り出した。

「急ぎ手を打たれよ。お手伝い普請じゃ」

「先代将軍家綱さまの御廟《ごびょう》拡張のお手伝い普請かの」

六郷が確認した。

「そうじゃ。小沢と言ったか、あの男」

「うむ」

「作事《さくじ》奉行との間を取り持つと言って回っているようじゃ」

うなずいた六郷に、栄井田が語った。

「作事奉行……まずい」

お手伝い普請を誰にさせるかを最終決定するのは老中であるが、どこの大名がそれをするに適しているかを選ぶのは作事奉行であった。作事奉行が、ふさわしいと名前をあげた大名がまず命じられた。

「どうだ。これであの失策はなかったことにしてくれるか」

栄井田が頼んだ。

「わかり申した。野々村のことは水に流しましょう」

「もう少し頼む」

首を縦に振った六郷に、栄井田が求めた。

「……では、大きな貸し二つの一つを……」

「なしに」

「それは厚かましすぎますぞ。栄井田翁。大きなのを小さなものへと下げましょう。それ以上は」

六郷が拒んだ。

「ありがたし。それでいい。これでまた隠居暮らしに戻れるわ」

ほっと栄井田が安堵の息を吐いた。

「急ぎますゆえ、これで」

切り餅を摑んで六郷は茶店を出た。

「瀬能では、小沢の相手は無理だったか。ええい、あやつの顔など二度と見たくはないが、拙者も出向かねばなるまい」

吐き捨てながら、六郷が上屋敷へと急いだ。


刺客からの報告を待っていた武田法玄の前に、花と線香を持ち、墓参の振りをした男が片足を引きずりながら現れた。

「……しくじったな」

「のようで。長屋に三人の誰もが戻って参りません」

低い声を出した武田法玄に、男が答えた。

「調べただろうな。伊助」

わかりませんとだけ言いに来たんじゃないだろうなと武田法玄がにらみつけた。

「もちろんで。どこらへんで襲うとは聞いておりました」

「どうだった」

「二人死んでいたそうで」

「……二人。誰と誰だ」

武田法玄が訊いた。

「そこまでは。死体は近所の武家屋敷から町方へ下げ渡されたらしく、面体をあらためることができやせんでした」

山本伊助が頭《こうべ》を垂れた。

「町方か。南ならば、手蔓《てづる》はある」

「生き残ったのが誰かというのが……」

「それとどこまで喋《しゃべ》ったかだ」

山本伊助と武田法玄が顔を見合わせた。

「生き残りを捜《さが》し出せ」

「へい」

命じられた山本伊助がうなずいた。

「あと残りの二十一将に、足止めをかけておけ。いつでもでられるようにとな」

武田法玄が付け加えた。

「承知」

一礼して山本伊助が去っていった。

「情けねえ三人だ。女一人引導を渡せないとは。しかし、ここまでこの法玄さまの名前に傷を付けてくれるとはな。百万石なんぞは関係ない。きっちり埋め合わせをしてもらう」

武田法玄が憤怒の表情で降魔《ごうま》の剣を握る不動明王に誓った。

本書は文庫書下ろし作品です。

|著者|上田秀人　1959年大阪府生まれ。大阪歯科大学卒。'97年小説CLUB新人賞佳作。歴史知識に裏打ちされた骨太の作風で注目を集める。講談社文庫の「奥右筆秘帳」シリーズは、「この時代小説がすごい！」（宝島社刊）で、2009年版、2014年版と二度にわたり文庫シリーズ第一位に輝き、第3回歴史時代作家クラブ賞シリーズ賞も受賞。「百万石の留守居役」は初めて外様の藩を舞台にした新シリーズ。このほか「禁裏付雅帳」（徳間文庫）、「御広敷用人大奥記録」（光文社文庫）、「闕所物奉行裏帳合」（中公文庫）、「表御番医師診療禄」（角川文庫）、「町奉行内与力奮闘記」（幻冬舎時代小説文庫）、「日雇い浪人生活録」（ハルキ文庫）などのシリーズがある。歴史小説にも取り組み、『孤闘　立花宗茂』（中公文庫）で第16回中山義秀文学賞を受賞、『竜は動かず　奥羽越列藩同盟顛末』（講談社）も話題に。総部数は1000万部を突破。
上田秀人公式HP「如流水の庵」 http://www.ueda-hideto.jp/

貸借《かしかり》　百万石《ひゃくまんごく》の留守居役《るすいやく》（七）

上田秀人《うえだひでと》

2016年6月15日第1刷発行
2020年5月27日第4刷発行

講談社文庫
定価はカバーに
表示してあります

発行者――渡瀬昌彦
発行所――株式会社　講談社
東京都文京区音羽2-12-21　〒112-8001
電話　出版（03）5395-3510
　　　販売（03）5395-5817
　　　業務（03）5395-3615

デザイン―菊地信義
本文データ制作―講談社デジタル製作
印刷――凸版印刷株式会社
製本――株式会社国宝社

Printed in Japan

ISBN978-4-06-293426-8

講談社文庫刊行の辞

二十一世紀の到来を目睫に望みながら、われわれはいま、人類史上かつて例を見ない巨大な転換期をむかえようとしている。

世界も、日本も、激動の予兆に対する期待とおののきを内に蔵して、未知の時代に歩み入ろうとしている。このときにあたり、創業の人野間清治の「ナショナル・エデュケイター」への志を現代に甦らせようと意図して、われわれはここに古今の文芸作品はいうまでもなく、ひろく人文・社会・自然の諸科学から東西の名著を網羅する、新しい綜合文庫の発刊を決意した。

激動の転換期はまた断絶の時代である。われわれは戦後二十五年間の出版文化のありかたへの深い反省をこめて、この断絶の時代にあえて人間的な持続を求めようとする。いたずらに浮薄な商業主義のあだ花を追い求めることなく、長期にわたって良書に生命をあたえようとつとめるところにしか、今後の出版文化の真の繁栄はあり得ないと信じるからである。

同時にわれわれはこの綜合文庫の刊行を通じて、人文・社会・自然の諸科学が、結局人間の学にほかならないことを立証しようと願っている。かつて知識とは、「汝自身を知る」ことにつきていた。現代社会の瑣末な情報の氾濫のなかから、力強い知識の源泉を掘り起し、技術文明のただなかに、生きた人間の姿を復活させること。それこそわれわれの切なる希求である。

われわれは権威に盲従せず、俗流に媚びることなく、渾然一体となって日本の「草の根」をかたちづくる若く新しい世代の人々に、心をこめてこの新しい綜合文庫をおくり届けたい。それは知識の泉であるとともに感受性のふるさとであり、もっとも有機的に組織され、社会に開かれた万人のための大学をめざしている。大方の支援と協力を衷心より切望してやまない。

一九七一年七月

野間省一

〈既刊紹介〉

百万石の留《る》守《す》居《い》役《やく》シリーズ

上田秀人作品◆講談社

老練さが何より要求される藩の外交官に、若き数馬が挑む！

第一巻『波乱』2013年11月 講談社文庫

外様第一の加賀《かが》藩。旗本から加賀藩士となった祖父をもつ瀬能《せのう》数馬《かずま》は、城下で襲われた重臣前田《まえだ》直作《なおなり》を救い、五万石の筆頭家老本多《ほんだ》政長《まさなが》の娘、琴《こと》に気に入られ、その運命が動きだす。江戸で数馬を待ち受けていたのは、留《る》守《す》居《い》役《やく》という新たな役目。藩の命運が双肩にかかる交渉役には人脈と経験が肝心。剣の腕以外、何もない若者に、きびしい試練は続く！

上田秀人作品◆講談社

第一巻
『波乱』
２０１３年１１月
講談社文庫

第二巻
『思惑』
２０１３年１２月
講談社文庫

第三巻
『新参』
２０１４年６月
講談社文庫

第四巻
『遺臣』
２０１４年１２月
講談社文庫

第五巻
『密約』
２０１５年６月
講談社文庫

第六巻
『使者』
２０１５年１２月
講談社文庫

第七巻
『貸借』
２０１６年６月
講談社文庫

第八巻
『参勤』
２０１６年１２月
講談社文庫

第九巻
『因果』
２０１７年６月
講談社文庫

第十巻
『忖度』
２０１７年１２月
講談社文庫

第十一巻
『騒動』
２０１８年６月
講談社文庫

第十二巻
『分断』
２０１８年１２月
講談社文庫

第十三巻
『舌戦』
２０１９年６月
講談社文庫

第十四巻
『愚劣』
２０１９年１２月
講談社文庫

〈以下続刊〉

上田秀人作品◆講談社

奥《おく》右《ゆう》筆《ひつ》秘帳 シリーズ

「筆」の力と「剣」の力で、幕政の闇に立ち向かう
圧倒的人気シリーズ！

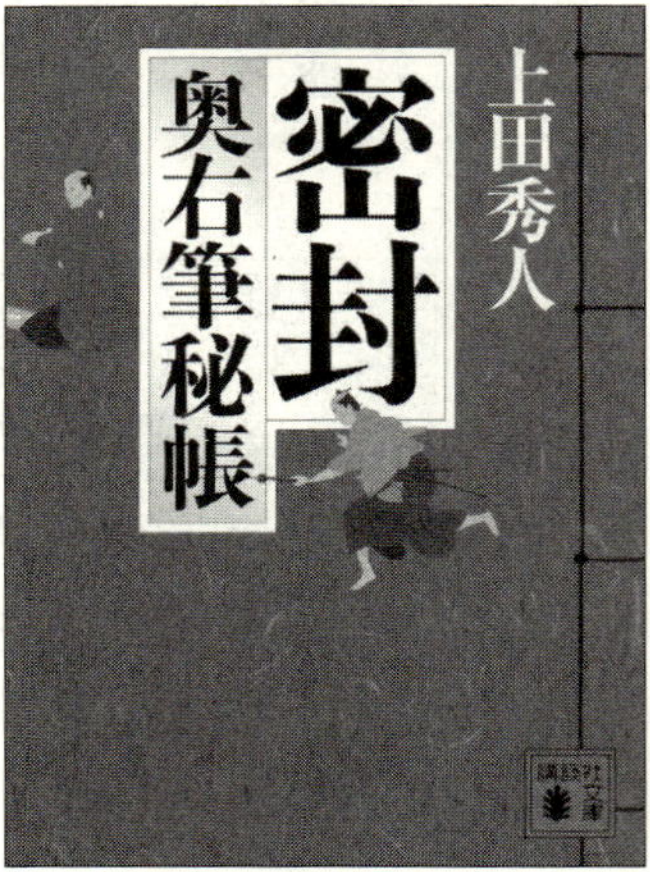

第一巻『密封』2007年9月 講談社文庫

江戸城の書類作成にかかわる奥右筆組頭《おくゆうひつくみがしら》の立花併右衛門《たちばなへいえもん》は、幕政の闇にふれる。帰路、命を狙われた併右衛門は隣家の次男、柊衛悟《ひいらぎえいご》を護衛役に雇う。松平定信《まつだいらさだのぶ》、将軍家斉《いえなり》の父・一橋治済《ひとつばしはるさだ》の権をめぐる争い、甲賀《こうが》、伊賀《いが》、お庭番の暗闘に、併右衛門と衛悟は巻き込まれていく。「この時代小説がすごい！」（宝島社刊）でも二度にわたり第一位を獲得したシリーズ！

上田秀人作品◆講談社

第一巻
『密封』
2007年9月
講談社文庫

第二巻
『国禁《こっきん》』
2008年5月
講談社文庫

第三巻
『侵蝕《しんしょく》』
2008年12月
講談社文庫

第四巻
『継承』
2009年6月
講談社文庫

第五巻
『簒奪《さんだつ》』
2009年12月
講談社文庫

第六巻
『秘闘』
2010年6月
講談社文庫

第七巻
『隠密』
2010年12月
講談社文庫

第八巻
『刃傷』
2011年6月
講談社文庫

第九巻
『召抱《めしかかえ》』
2011年12月
講談社文庫

第十巻
『墨痕《ぼっこん》』
2012年6月
講談社文庫

第十一巻
『天下』
2012年12月
講談社文庫

第十二巻
『決戦』
2013年6月
講談社文庫

〈全十二巻完結〉

前夜 奥右筆外伝

併右衛門、衛悟、瑞紀《みずき》をはじめ宿敵となる冥府防人《めいふさきもり》らそれぞれの「前夜」を描く上田作品初の外伝！

2016年4月
講談社文庫

上田秀人作品◆講談社

天主信長 〈表〉我こそ天下なり 〈裏〉天を望むなかれ

本能寺と安土城、戦国最大の謎に二つの大胆仮説で挑む。

信長の死体はなぜ本能寺《ほんのうじ》から消えたのか？ 安土《あづち》に築いた豪壮な天守閣の狙いとは？ 信長の遺《のこ》した謎に、敢然と挑む。文庫化にあたり、別案を〈裏〉として書き下ろす。信長編の〈表〉と黒田官兵衛編の〈裏〉で、二倍面白い上田歴史小説！

〈表〉我こそ天下なり
2010年8月　講談社単行本
2013年8月　講談社文庫

〈裏〉天を望むなかれ
2013年8月　講談社文庫

梟《ふくろう》の系譜　宇喜多四代

戦国の世を生き残れ！
梟雄と呼ばれた宇喜多秀家の真実

織田、毛利、尼子《あまこ》と強大な敵に囲まれた備前に生まれ、勇猛で鳴らした祖父能家《よしいえ》を裏切りで失い、父と放浪の身となった直家《なおいえ》は、宇喜多《うきた》の名声を取り戻せるか？

『梟の系譜』2012年11月　講談社単行本
2015年11月　講談社文庫

軍師の挑戦　上田秀人初期作品集

斬新な試みに注目せよ。
上田作品のルーツがここに！

デビュー作「身代わり吉右衛門」（「逃げた浪士」に改題）をふくむ、戦国から幕末まで、歴史の謎に果敢に挑んだ八作。上田作品の源泉をたどる胸躍る作品群！

『軍師の挑戦』2012年4月　講談社文庫

上田秀人作品◆講談社

竜は動かず

奥羽越列藩同盟顛末

〈上〉万里波濤編
〈下〉帰郷奔走編

世界を知った男、玉虫左太夫は、奥州を一つにできるか？

仙台の下級藩士の出ながら、江戸で学問を志した玉虫左太夫に上田秀人が光を当てる！勝海舟、坂本龍馬と知り合い、遣米使節団の一行として、世界をその目に焼きつける。郷里仙台では、倒幕軍が迫っていた。この国の明日のため、左太夫にできることとは？

〈上〉万里波濤編
2016年12月　講談社単行本
2019年 5 月　講談社文庫

〈下〉帰郷奔走編
2016年12月　講談社単行本
2019年 5 月　講談社文庫

講談社文庫　目録

上橋菜穂子 獣の奏者〈I闘蛇編〉
上橋菜穂子 獣の奏者〈II王獣編〉
上橋菜穂子 獣の奏者〈III探求編〉
上橋菜穂子 獣の奏者〈IV完結編〉
上橋菜穂子 獣の奏者〈外伝 刹那〉
上橋菜穂子 物語ること、生きること
上橋菜穂子 明日は、いずこの空の下
上田紀行 ダライ・ラマとの対話
上田紀行 スリランカの悪魔祓い
嬉野　君 黒猫邸の晩餐会
植西　聰《あきら》 がんばらない生き方
海猫沢めろん 愛についての感じ
海猫沢めろん キッズファイヤー・ドットコム
遠藤周作 ぐうたら人間学
遠藤周作 聖書のなかの女性たち
遠藤周作 さらば、夏の光よ
遠藤周作 最後の殉教者
遠藤周作 反　逆(上)(下)
遠藤周作 ひとりを愛し続ける本

遠藤周作 深い河《ディープ・リバー》
遠藤周作 周作塾〈読んでもタメにならないエッセイ〉
遠藤周作 新装版 海と毒薬
遠藤周作 新装版 わたしが・棄てた・女
江波戸哲夫 新装版 銀行支店長
江波戸哲夫 集団左遷
江波戸哲夫 新装版 ジャパン・プライド
江波戸哲夫 起業の星
江波戸哲夫 ビジネスウォーズ〈カリスマと戦犯〉
江上　剛 頭取無惨
江上　剛 不当買収
江上　剛 小説 金融庁
江上　剛 絆
江上　剛 再起
江上　剛 企業戦士
江上　剛 リベンジ・ホテル
江上　剛 起死回生
江上　剛 瓦礫の中のレストラン
江上　剛 非情銀行

江上　剛 東京タワーが見えますか。
江上　剛 慟哭の家
江上　剛 家電の神様
江上　剛 ラストチャンス 再生請負人
江國香織 真昼なのに昏《くら》い部屋
江國香織・文 松尾たいこ・絵 ふりむく
M・モーリス 江國香織訳 宇野亜喜良絵 青い鳥
江國香織他 100万分の1回のねこ
遠藤武文 プリズン・トリック
円城　塔 道化師の蝶
江原啓之 スピリチュアルな人生に目覚めるために〈心に「人生の地図」を持つ〉
大江健三郎 新しい人よ眼ざめよ
大江健三郎 取り替え子《チェンジリング》
大江健三郎 憂い顔の童子
大江健三郎 さようなら、私の本よ！
大江健三郎 水死
大江健三郎 晩年様式集《イン・レイト・スタイル》
小田　実 何でも見てやろう
沖　守弘 マザー・テレサ〈あふれる愛〉

講談社文庫　目録

神林長平　だれの息子でもない
神楽坂　淳　うちの旦那が甘ちゃんで
神楽坂　淳　うちの旦那が甘ちゃんで 2
神楽坂　淳　うちの旦那が甘ちゃんで 3
神楽坂　淳　うちの旦那が甘ちゃんで 4
神楽坂　淳　うちの旦那が甘ちゃんで 5
神楽坂　淳　うちの旦那が甘ちゃんで 6
神楽坂　淳　うちの旦那が甘ちゃんで 7
加藤元浩　捕まえたもん勝ち！〈七夕菊乃の捜査報告書〉
加藤元浩　量子人間《クオンタムマン》からの手紙〈捕まえたもん勝ち！〉
梶永正史　銃の啼《な》き声〈潔癖刑事・田島慎吾〉
金田一春彦・安西愛子編　日本の唱歌 全三冊
岸本英夫　死を見つめる心〈ガンとたたかった十年間〉
北方謙三　汚名の広場
北方謙三　試みの地平線〈伝説復活編〉
北方謙三　抱影
菊地秀行　魔界医師メフィスト〈怪屋敷〉
北原亞以子　深川澪通り木戸番小屋
北原亞以子　新地橋〈深川澪通り木戸番小屋〉
北原亞以子　夜の明けるまで〈深川澪通り木戸番小屋〉
北原亞以子　澪つくし〈深川澪通り木戸番小屋〉
北原亞以子　たからもの〈深川澪通り木戸番小屋〉
北原亞以子　歳三からの伝言
桐野夏生　新装版 顔に降りかかる雨
桐野夏生　新装版 天使に見捨てられた夜
桐野夏生　新装版 ローズガーデン
桐野夏生　ＯＵＴ(上)(下)
桐野夏生　ダーク(上)(下)
桐野夏生　猿の見る夢
京極夏彦　文庫版 姑獲鳥《うぶめ》の夏
京極夏彦　文庫版 魍魎《もうりょう》の匣《はこ》
京極夏彦　文庫版 狂骨《きょうこつ》の夢《ゆめ》
京極夏彦　文庫版 鉄鼠《てっそ》の檻《おり》
京極夏彦　文庫版 絡新婦《じょろうぐも》の理《ことわり》
京極夏彦　文庫版 塗仏《ぬりぼとけ》の宴《うたげ》―宴の支度
京極夏彦　文庫版 塗仏の宴―宴の始末
京極夏彦　文庫版 百鬼夜行―陰
京極夏彦　文庫版 百器徒然袋―雨
京極夏彦　文庫版 百器徒然袋―風
京極夏彦　文庫版 今昔続百鬼―雲
京極夏彦　文庫版 陰摩羅鬼《おんもらき》の瑕《きず》
京極夏彦　文庫版 邪魅《じゃみ》の雫
京極夏彦　文庫版 死ねばいいのに
京極夏彦　文庫版 ルー＝ガルー〈忌避すべき狼〉
京極夏彦　文庫版 ルー＝ガルー2〈インクブス×スクブス 相容れぬ夢魔〉
京極夏彦　分冊文庫版 姑獲鳥《うぶめ》の夏(上)(下)
京極夏彦　分冊文庫版 魍魎《もうりょう》の匣《はこ》(上)(中)(下)
京極夏彦　分冊文庫版 狂骨《きょうこつ》の夢《ゆめ》(上)(中)(下)
京極夏彦　分冊文庫版 鉄鼠《てっそ》の檻《おり》全四巻
京極夏彦　分冊文庫版 絡新婦《じょろうぐも》の理《ことわり》(一)(二)
京極夏彦　分冊文庫版 絡新婦《じょろうぐも》の理《ことわり》(三)(四)
京極夏彦　分冊文庫版 塗仏《ぬりぼとけ》の宴《うたげ》 宴の支度《したく》(上)(中)(下)
京極夏彦　分冊文庫版 塗仏の宴 宴の始末《しまつ》(上)(中)(下)
京極夏彦　分冊文庫版 陰摩羅鬼《おんもらき》の瑕《きず》(上)(中)(下)
京極夏彦　分冊文庫版 邪魅《じゃみ》の雫(上)(中)(下)
京極夏彦　分冊文庫版 ルー＝ガルー〈忌避すべき狼〉(上)(下)
京極夏彦　分冊文庫版 ルー＝ガルー2〈インクブス×スクブス 相容れぬ夢魔〉(上)(下)

栗山圭介　国士舘物語
決戦！シリーズ　決戦！関ヶ原
決戦！シリーズ　決戦！大坂城
決戦！シリーズ　決戦！本能寺
決戦！シリーズ　決戦！川中島
決戦！シリーズ　決戦！桶狭間
決戦！シリーズ　決戦！関ヶ原2
小峰　元　アルキメデスは手を汚さない
今野　敏　ST警視庁科学特捜班 エピソード1〈新装版〉
今野　敏　ST警視庁科学特捜班 毒物殺人〈新装版〉
今野　敏　ST警視庁科学特捜班〈黒いモスクワ〉
今野　敏　ST警視庁科学特捜班〈青の調査ファイル〉
今野　敏　ST警視庁科学特捜班〈赤の調査ファイル〉
今野　敏　ST警視庁科学特捜班〈黄の調査ファイル〉
今野　敏　ST警視庁科学特捜班〈緑の調査ファイル〉
今野　敏　ST警視庁科学特捜班〈黒の調査ファイル〉
今野　敏　ST為朝伝説殺人ファイル〈警視庁科学特捜班〉
今野　敏　ST桃太郎伝説殺人ファイル〈警視庁科学特捜班〉
今野　敏　ST沖ノ島伝説殺人ファイル〈警視庁科学特捜班〉

今野　敏　ST化合 エピソード0〈警視庁科学特捜班〉
今野　敏　STプロフェッション〈警視庁科学特捜班〉
今野　敏　ギガース〈宇宙海兵隊〉
今野　敏　ギガース2〈宇宙海兵隊〉
今野　敏　ギガース3〈宇宙海兵隊〉
今野　敏　ギガース4〈宇宙海兵隊〉
今野　敏　ギガース5〈宇宙海兵隊〉
今野　敏　ギガース6〈宇宙海兵隊〉
今野　敏　特殊防諜班 連続誘拐
今野　敏　特殊防諜班 組織報復
今野　敏　特殊防諜班 標的反撃
今野　敏　特殊防諜班 凶星降臨
今野　敏　特殊防諜班 諜報潜入
今野　敏　特殊防諜班 聖域炎上
今野　敏　特殊防諜班 最終特命
今野　敏　茶室殺人伝説
今野　敏　奏者水滸伝 白の暗殺教団
今野　敏　フェイク〈疑惑〉
今野　敏　同　期

今野　敏　欠　落
今野　敏　変　幻
今野　敏　警視庁FC
今野　敏　継続捜査ゼミ
今野　敏　蓬　萊〈新装版〉
今野　敏　イコン〈新装版〉
後藤正治　天　人〈深代惇郎と新聞の時代〉
幸田　文　崩　れ
幸田　文　台所のおと
幸田　文　季節のかたみ
小池真理子　冬の伽藍
小池真理子　ノスタルジア
小池真理子　夏の吐息
小池真理子　千日のマリア
幸田真音　日本国債(上)(下)〈改訂最新版〉
五味太郎　大人問題
鴻上尚史　あなたの魅力を演出する ちょっとしたヒント
鴻上尚史　あなたの思いを伝える 表現力のレッスン
鴻上尚史　八月の犬は二度吠える

講談社文庫 目録

講談社文庫　目録

島田荘司 御手洗潔のメロディ
島田荘司 Ｐの密室
島田荘司 ネジ式ザゼツキー
島田荘司 都市のトパーズ2007
島田荘司 21世紀本格宣言
島田荘司 帝都衛星軌道
島田荘司 ＵＦＯ大通り
島田荘司 リベルタスの寓話
島田荘司 透明人間の納屋
島田荘司 占星術殺人事件〈改訂完全版〉
島田荘司 斜め屋敷の犯罪〈改訂完全版〉
島田荘司 星籠《せいろ》の海(上)(下)
島田荘司 屋上
島田荘司 名探偵傑作短篇集 御手洗潔篇
島田荘司 火刑都市〈改訂完全版〉
清水義範 蕎麦《そば》ときしめん
清水義範 国語入試問題必勝法
椎名誠 にっぽん・海風魚旅〈怪し火さすらい編〉
椎名誠 大漁旗ぶるぶる乱風編〈にっぽん・海風魚旅4〉
椎名誠 南シナ海ドラゴン編〈にっぽん・海風魚旅5〉
椎名誠 風のまつり
椎名誠 ナマコ
椎名誠 埠頭三角暗闇市場
島田雅彦 悪貨
島田雅彦 虚人の星
真保裕一 連鎖
真保裕一 取引
真保裕一 震源
真保裕一 盗聴
真保裕一 朽ちた樹々の枝の下で
真保裕一 奪取(上)(下)
真保裕一 防壁
真保裕一 密告
真保裕一 黄金の島(上)(下)
真保裕一 発火点
真保裕一 夢の工房
真保裕一 灰色の北壁
真保裕一 覇王の番人(上)(下)
真保裕一 デパートへ行こう！
真保裕一 アマルフィ〈外交官シリーズ〉
真保裕一 ダイスをころがせ！(上)(下)
真保裕一 天魔ゆく空(上)(下)
真保裕一 ローカル線で行こう！
真保裕一 遊園地に行こう！
篠田節子 弥勒
篠田節子 転生
重松清 定年ゴジラ
重松清 半パン・デイズ
重松清 流星ワゴン
重松清 ニッポンの単身赴任
重松清 愛妻日記
重松清 青春夜明け前
重松清 カシオペアの丘で(上)(下)
重松清 永遠《とわ》を旅する者〈ロストオデッセイ 千年の夢〉
重松清 かあちゃん
重松清 十字架
重松清 峠うどん物語(上)(下)

2020年3月15日現在